Johannes Rath · Wind, mein Bruder

Johannes Rath

Wind, mein Bruder

Frühe Erzählungen
Gedichte
Aquarelle

ISBN 978-3-8391-1169-7

Herausgabe, Gestaltung sowie
© 2010 Elke Jordy und Irene Kappel, Frankfurt am Main/Kassel
Herstellung und Verlag: Books on Demand GmbH, Norderstedt

Inhalt

Erste Schultage auf dem Lande

Vor der Schule fürchtete ich mich. Ich liebte damals schon die Einsamkeit und viele fremde Menschen machten mich befangen – auch Kinder. Gewöhnt, nur mit den wenigen vertrauten zu spielen, mied ich die anderen. Zu empfindlich für alle Eindrücke des Lebens, fühlte ich mich leicht wund und verletzt, wenn zu viel Neues auf mich eindrang. Misstrauen war mir fremd, aber Lärm, Betrieb und Fröhlichkeit machten mich stutzig. Sie überstiegen mein reizbares Aufnahmevermögen. Früh schon innerem Tätigsein vertraut, hatte ich einen guten Instinkt für das Maß des Möglichen, das ich aufnehmen durfte, um auch mit der Seele noch ausreichend reagieren zu können. Wurde das Maß überstiegen, fiel ich schnell ab, wurde still und verworren: das trug mir den schmerzlich empfundenen Makel des Kopfhängers ein. Ich war es nicht – wie konnte ich mir aber über die Unrechtmäßigkeit dieses Urteils Rechenschaft geben? Ich konnte es nicht, und das machte mich traurig.

In dörflichen Verhältnissen aufgewachsen, hatte ich viel Gelegenheit, einsam zu streifen. Das liebte ich über alles. Garten, Wiese, Feld und naher Wald lockten mich. Der Wechsel der Jahreszeiten bildete meinen kindlichen Lebenssinn. Hier war Weltgeschehen, das sich in dem Maße begreifen ließ, als ich es vermochte. Unerschöpflich im Wechsel drängte es sich doch nicht auf, wie die Menschen, und ließ mir Raum, langsam zu werden. Ohne aus ihm herauszufallen, bildete es mich auch dort in langsamem Fortschreiten, wo ich es nicht begriff. Ich atmete mit dem Atem des Jahres. Ein freundliches Haus und die liebende Mutter gaben mir Schutz, wo ich davor des Schutzes bedurfte. Sonne und Wärme lockten ins unbegrenzt Freie, vor Regen und Kälte barg mich das Haus und allein in den umhegenden Wänden zu spielen, war schön. In diesem Wechsel lernte ich wissen, was Heimat sei. – Wie sollte die neue fremde Welt der Schule mich nicht schrecken?

Das Schulhaus lag am anderen Ende des Dorfes, wo die Straße zum Schlossberg sich hob, neben der Kirche, die mit ihrem barocken, grau-schiefrigen Zwiebelturm aus einem Wipfelgewirr alter Linden lugte. Oft war ich an der Hand der Mutter an der Schule vorübergegangen und immer ergriff mich Unmut, wenn ich aus den offenen Klassenfenstern Gesang, Geplärr und Gemurmel der lernenden Kinder hörte. Manchmal lehnte auch der alte Konrektor mit der blitzenden Brille auf der Nase gelangweilt aus einem Fenster. Ich wagte es dann gar nicht hinzuschauen. Sein Anblick erschreckte mich, so wie ich eine lauernde Spinne im Netz in den Balken des dämmerigen Hausbodens schrecklich empfand. Ich suchte mir lieber eine weiße Wolke am Himmel oder einen bunten Schmetterling über den Blumengärten: denen schaute ich nach, denn sie waren erfreulich. Nur wenn der Alte meiner Mutter einen Gruß zumurmelte, zwang mir die Gute einen Aufblick zu den blitzenden Brillengläsern auf. Gern tat ichs nicht.

Aber einmal, an einem Frühlingstag, kam die Stunde, da auch ich, wieder an der Hand meiner Mutter, den ungewohnten Schulranzen auf dem Rücken, den ersten Gang zur Schule tun musste. Ich weiß noch genau, wie schön der Morgen war. Die Bäume blühten und in den Höfen krähten die Hähne. Auch der Dorfschmied war lustig an der Arbeit, und der Stellmacher setzte vor seiner Werkstatt in der warmen trockenen Sonne ein Wagenrad zusammen. Ich konnte mich aber an all dem nicht wie sonst freuen und bereitete still mein Herz auf Öde und Pein. Es war ein Richtgang, den ich ging. Und mein Herz sollte recht behalten.

Da stand ich nun mit vielen anderen Kindern schüchtern vor dem Katheder und ließ in meinem Leben zum erstenmal die lästige Personalaufnahme über mich ergehen. Was ging mich das alles an? Auch konnte die Mutter noch Rede und Antwort für mich stehen. – Denn wann war ich geboren? Und dass ich einen Namen trug, war eine nebensächliche Erscheinung des Lebens. Baum und Tier hatten mich nie danach gefragt und der Dorfschmied, den ich liebte, wusste es ohnehin. Auch war ich verwundert, dass unsere Lehrerin, der wir als Lernanfänger zugeteilt wurden, so ernsthaft meine Mutter befragte – denn war sie uns nicht längst vertraut und hatte sie mich nicht auch sogar auf der Dorfstraße geküsst? Aber schon damals hatte ich diesem Kuss nicht getraut. Er war so stürmisch, und die Worte, die sie zu mir gesprochen hatte, waren übertrieben. Geschämt hatte ich mich damals, für sie und für mich. Nun schien sie mich gar nicht zu kennen. So blieb ich still in mir und war nur sehr verwundert. Hinten im Schulraum lärmten die Zweitklässler, mit denen wir gemeinsam in einem Raum unsere ersten Schritte im Leben tun sollten. Sie taten sich groß und ihr lautes Stimmgewirr wurde manchmal durch ein hässlich dünkendes Scheltwort der Lehrerin unterbrochen. Das wurde mir wieder Anlass zur Scham – und ich wunderte mich, dass seine Wirkung so kurz nur anhielt. Ehe wir alle in den Listen aufgenommen waren, verging eine lange Zeit. Ich benutzte sie, um mich im Klassenzimmer umzuschauen. Da hingen viele Bilder an den Wänden. Eines prägte sich mir ein und ich werde es wohl nie vergessen. Es hatte einen schwarzen, glänzenden Rahmen, aber in der Mitte blühte ein herrliches Blau, das von vielen roten Linien durchzogen war. Ich konnte meinen Blick gar nicht davon losreißen. Vor allem von zwei schönen, stolzen Dampfschiffen, die am oberen

Bildrand, herrlich anzuschauen, abgebildet waren. Auch sah man große, schwarze Druckbuchstaben. Später, als ich lesen konnte, entzifferte ich eines Tages die Worte: „Hamburg-Amerika-Linie". Was das zu bedeuten hatte, wurde mir erst sehr viel später klar. Aber ich trug diese geheimnisvollen Worte in mir wie ein herrliches Geschenk.

Doch mit dem Lesenkönnen hatte es noch lange Zeit. Man hatte uns versprochen, dass unsere Lehrerin mit uns malen wollte, bevor wir zum Schreiben kämen. Und darauf freute ich mich unbändig. Dieses Versprechen wurde uns auch in der ersten Stunde eingelöst. Aber leider nur die erste Stunde und das war eine bittere Enttäuschung. Immerhin war diese erste Stunde so schön, dass sie viele spätere, einsamere und von ständigen Gefahren umdrohte hell überstrahlt. Ich glaube, dass alle Kinder eine große Freude daran hatten, auch die, die nicht zeichnen konnten; denn was die Lehrerin uns an die Wandtafel zeichnete, war so einfach und schlicht, dass jeder sich angeregt fühlte, es auch zu versuchen. Ich sehe das Gebilde an der schwarzen großen Tafel noch vor mir: drei Striche, das war ein Tisch. Zwei halbrunde Formen mit je einem Öhrchen: das waren zwei Tassen, die auf dem Tisch standen. Und ein längliches Ding mit einem Schnäuzchen, einem Mützchen und einem Knöpfchen obendrauf: das war die Kaffeekanne. Es war ein schönes Bild! Und die Dinge waren uns alle so vertraut, wie unsere Hände, mit denen wir emsig diese Herrlichkeit auf unseren Schiefertafeln nachzubilden trachteten. Dann aber wurde die Kanne mit blauer, die Tassen mit weißer Farbe ausgefüllt und das Kännchen bekam neben dem Schnäuzchen ein Auge, ein richtiges, listiges Auge mit Braue und Pupille: da wurde alles poetisch und wir meinten, die Schule sei schön.

Da täuschten wir uns aber doch. Was so poetisch begann, versank bald in das sachliche Auf und Ab der Schreibversuche. Und schon beim namenlosen, kleinen i scheiterte manche beim Malen geschöpfte Hoffnung. Eine Kaffeekanne trug sich auch schön, wenn das Schnäuzchen ein wenig höher oder tiefer zu sitzen kam. Sie blieb dabei doch, was sie war. Aber das kleine i ungeschickt über die vorgezeichneten Linien hinauszuführen, wurde streng geahndet und der bis dahin versteckt gehaltene Haselstock begann sich bald bemerkbar zu machen und sorgte, dass dem i sein Recht geschah.

Aber ich lernte die Buchstaben lieben. Je weiter wir fortschritten, um so eifriger versuchte ich, die zusammenzusetzen, und manchmal begann ich in der Fibel auch schon dort zu buchstabieren, wo sie in der Schule noch nicht aufgeschlagen worden war. Das brachte mir manche Vorteile, die mir aber meinen Mitschülern gegenüber sehr zur Ungunst ausschlugen. Ich war dumm genug, meiner Liebe zum

Schreiben und Lesen keinen Einhalt zu gebieten. Die Begeisterung riss mich fort. Aber die anderen hatten es schwer mit der Begeisterung, und infolgedessen auch schwer mit mir. Ich konnte es damals noch nicht begreifen, aber ich spürte bitter die Folgen. Schüchtern genug, um mich in den Pausen an den Spielen der anderen auf dem Schulhof aus eigenem Entschluss nicht beteiligen zu können, trumpfte man mir gegenüber auch noch damit auf, der nicht ausgesprochenen Bitte mit spürbarer Feindschaft von vornherein zu begegnen, und drückte mir so den Makel des Ausgestoßenseins auf. Das verwirrte mich und trieb mich immer tiefer in mich hinein. So wurde mir die Schule zur Pein.

So wurde mir der Heimweg zum glücklichsten Erlebnis des Tages. Ich vermied es, im Tross der anderen Kinder die Ortsstraße entlang zu gehen. Ich zog den einsamen Fußpfad hinter den Gärten vor. Dort traf ich kaum einen Menschen. Aber das stille Leben beschenkte mich zu jeder Stunde des Jahres reich.

Wendet sich um (1932)

Tiere im Regen

Fast unbegreiflich scheint uns
dieses Zusammengedrängtsein der Dinge
und das unaufhörliche Ineinanderbewegen
Stoßen und Fliehn.
Aber siehe die Tiere
des Abends
im Regen.

Hoch oben in Wipfeln des Waldes
die Spechte, die Drosseln.
Vielleicht den Kopf sanft
unters Gefieder gewendet
sind sie am nächsten noch
dem reinlichen Klang
weit hinter Wolken hinziehender Sterne.

Aber an nassen Wurzeln
die wolligen Hasen.
Dort dampfts in der sandigen Höhlung
warm von dem matter hinpulsenden Blut
das langsam den leisen Schlaf
durch die Nacht trägt.
Denn rötlich ist rings in die Dunkelheit
Unheil gemischt.

Schon das Gebell des Hundes
vom einsamen Vorwerk
ist mehr als ein Laut
und trifft wie ein Stock
die zarter gespannte Saite des Herzens
der trächtigen Hindin.
Denn fast unbegreiflich
ist uns die vollere Welt
des immer von uns gewendeten Tiers.

Ach, dass ein Mensch jetzt die Nacht erhellte
mit dem REINEN Begriff
dass er in Liebe jetzt wachte.
Er hielte in sich
den dumpfen Herzschlag der Kreatur
fast wie ein neuer Engel
und helfend und heilsam
erschiene ihm lächelnd der Gott.

Das Bild mit dem schlafenden Mädchen

In der ländlichen Umgebung, in der wir Kinder aufwuchsen, waren uns sommers und winters Garten, Feld und Wald die Räume, in denen wir spielten und tollten in unbeschränkter Freiheit gemeinsam mit den Kindern aus der Nachbarschaft. So mag es seltsam scheinen, dass die stillere Liebe zu Buch und Bild dennoch schon frühe sich in mir regte. Wenn ich es heute bedenke, so war diese Liebe mit einem starken Gefühl für das Geheimnisvolle verbunden.

Bücher fanden sich in dem Hause meiner Eltern nicht einfach vor. Wohl gab es ein kleines, kurios aus Garnrollen und Brettern gefertigtes Büchergestell in einer Ecke der Wohnstube, nicht weit vom Ofen, in dem wohl 20 oder 30 rotgebundene Bände der Universum-Romanbibliothek standen. Aber die alltägliche Präsenz bildloser, einfarbig gebundener Bände war allzu langweilig. So griff man nicht nach ihnen – es sei denn, man wollte im Baufieber der mangelnden Zahl der Bauklötzer durch eine zwar ersatzweise, aber handfeste Gegenständlichkeit abhelfen. Es waren jedoch keine Bücher, in denen man buchstabieren konnte. Und dennoch lebte diese Sehnsucht nach Büchern, aber weil man ihrer nicht habhaft wurde, entwickelte sich zeitig der Trieb, sie zu suchen. Diese Sucht ging bis in die Träume und ich erinnere mich solcher Träume aus früher Kindheit, in denen man in überströmendem Glück Bücher fand von so berauschender Schönheit, dass es hart war, sich nach dem Aufwachen einzugestehen, dass man nur geträumt hatte. So wirklich lagen sie in den Händen, so erhellend, belehrend und erklärend schwang sich durch ihre Blätter der Wechsel von Wort und Bild wie eine goldene Girlande.

Der Anspruch, den man an die zu findenden Bücher stellte, war ein sehr hoher und in die Wünsche mischte sich bald das Empfinden des Zweifels, ob es solche Bücher überhaupt gäbe. So mag die hohe Spannung zu verstehen sein, unter der jedes Buch erwartet wurde – und die Enttäuschung, mit der so manches läppische Kinderbuch, von wohlmeinenden Erwachsenen zu den Festtagen gespendet, abgelehnt wurde. Doch durfte dabei nicht eingestanden werden, dass man enttäuscht war. Freude wurde von uns verlangt und Dankbarkeit. Es war bald herauszufinden, dass die Erwachsenen nicht wussten, was Bücher seien. Selbst dann nicht, wenn sie Bücher hatten, denn die wahren, die ersehnten Bücher lagen meistens in den Rumpelkammern. Das war meine zeitige Erfahrung und ich richtete mich danach.

So lebte in unserem Haus ein Onkel, dessen Herkunft uns Kindern stets sorgfältig verschwiegen wurde. Er war das Urbild eines Hagestolzes und die betonte Vornehmheit seines Benehmens, die herablassende Würde grauhaariger Onkelhaftigkeit, die Gepflegtheit seiner Kleidung mochte es verständlich machen, dass er in unserem Dorfe nur der „Graf" genannt wurde. Als ich Onkel Karl einmal harmlos fragte, warum man ihn so nenne, wurde er sehr zornig, gab mir aber keinerlei Auskunft, obgleich ichs dringlich erwartete, als Bestätigung, dass er gräflich sei. Mit welchem Stolz hätte ich vor meinen Spielkameraden diesen Trumpf ausspielen können. Auch hätte er mir, wie ich freilich erst sehr viel später erfuhr, mit gutem Recht diesen Trumpf in die Hände spielen können, mindestens, was die Abstammung von der einen Seite anbelangt. Aber ich wusste ja nicht, dass es als Schande galt, nur der Mutter Namen tragen zu dürfen. Übrigens hielt ich seine steinalte Mutter, mit der zusammen er bei uns lebte, die gute Tante Hannah, stets für seine Frau. So blieb mir alles rätselhaft, womit ich mich zufrieden gab.

Aber Onkel Karl war einer von denen, die Bücher hatten und es scheinbar nicht wussten. Natürlich war es uns streng verboten, in den Rumpelkammerablagen von Onkel Karl herumzuwühlen. Überhaupt war es nicht gern gesehen, wenn wir Kinder uns auf dem Boden zu schaffen machten: dort lagen im Winter die Äpfel auf trockenem Stroh, dort brütete im Sommer die Hitze. Als ich aber eines Tages entdeckt hatte, dass auf Onkel Karls Bodenplatz schwere Stapel von Büchern lagen, gab es bei mir kein Halten und ich wartete auf die Gelegenheit zu untersuchen, was die schweren schwarzen Bände bargen.

Irgendwann kam der günstige Augenblick. Ich war mit unserem Hausmädchen allein im Hause. Auch muss es ein klarer Vorfrühlingstag gewesen sein, denn vor der Haustür wurden von ihrer Hand die Blumenrabatten umgegraben und ich glaube mich noch deutlich des Tones zu erinnern, den der kräftig in den schon lockeren und trockenen Boden getretene Spaten gab, des regelmäßigen Taktes ihrer flüssigen Arbeit. Sie so bei der Arbeit zu wissen, gab mir das Gefühl mit größerer Ruhe meiner Neugierde frönen zu können. Dennoch schlich ich wie auf Katzenpfötchen die Treppe zum Dachboden empor. Das späte Nachmittagslicht flirrte durch die dickglasigen Luken und es zeigte sich bald, dass ich, wollte ich genügend Licht haben, die dicken Bände in den Lichtkreis einer Luke schleppen musste. Es kostete Entschlusskraft, sich von Spinnen, Staub und Asseln nicht schrecken zu lassen. Aber trotz des meine zugreifenden Hände überhuschenden Gewimmels ergriff ich zwei dieser dunklen Wälzer und zerrte sie unter das nächste Dachfenster. Das ging nicht ohne Poltern ab, aber das einsame Haus trank diesen Lärm ohne Antwort. Ich hörte nur das harte Klopfen meines Herzens. Als ich den ersten Deckel öffnete, überraschte es mich mit staunendem Entzücken: keine Seite ohne Bilder. Zwar mangelte es an Farbigkeit, desto weniger aber an Abwechslung. Denn von den herrlichen Landschaften aller Erde über dramatische Szenerien aus der Geschichte der Menschheit bis zu den Merkwürdigkeiten und Bizarrerien seltsamer Erfindungen war wohl alles auf diesen Bildern zu sehen, was es auf dieser Menschenerde wohl geben mochte. Man konnte sich nicht satt sehen. In einem fieberhaften Schauwillen vergaß ich jegliche Zeit. Nur als das Tageslicht abnahm, die Umrisse der schwarz-weißen Blätter sich verwischten, erinnerte ich mich, dass es vielleicht gut sei, einzuhalten und aufzuräumen, ehe ich durch einen plötzlichen Ruf aus der Ruhe gestört werden mochte. So schleppte ich die beiden schweren Bände an ihren Ort zurück und schlich mich vom Boden fort in den Garten. Helene, unser Mädchen, war immer noch unermüdlich am Umgraben, und ganz ihrer Aufgabe hingegeben, auch das letzte Stück einer Rabatte noch vor dem endgültigen Dunkeln fertig zu bekommen, fragte sie mich nicht, wo ich wohl gesteckt haben mochte. So konnte ich mich biedermännisch pfeifend zu ihr stellen und so tun, als sei ich eben von meinen Schulaufgaben aufgestanden. –

Aber es brannte in mir die Sucht, mich so bald als möglich wieder in den Bannkreis jener Rumpelkammer zu begeben, um auch den Inhalt der anderen Bände zu erforschen. Aber ich wusste, dass die nächste günstige Gelegenheit wohl lange erwartet werden musste. Natürlich sprach ich zu niemand über meine Entdeckungen. Um so mehr lebte ich an den folgenden Tagen, und besonders abends vor dem Einschlafen, in der Erinnerung an die gesehenen Bilder. Einige hatten sich mir besonders eingeprägt. Darunter war z.B. eine Jagdszene. Abenteuerlich aussehende Männer schossen von einer ebenso abenteuerlich aussehenden Lokomotive auf eine Unzahl von Wildochsen, von denen sich einige mit gesenkten Köpfen der Weiterfahrt des Zuges entgegenstellten. Ein anderes Bild zeigte eine eigentümlich altmodisch gekleidete Touristengesellschaft, die sich unter das Vordach einer Almenhütte zurückgezogen hatte, um einen plötzlich niederrauschenden Regenguss abzuwarten. Da war es besonders ein kleines hellhaariges Mädchen von vielleicht 10 Jahren, das durch die Strapazen des Bergganges ermüdet, in den Arm seiner Mutter gelehnt, eingeschlafen war, während die übrige Reisegesellschaft munter durcheinander schwatzend umhersaß oder stand. Dieses schlafende Mädchen entzückte mein Herz mit einer so übermäßigen Gewalt, die mir damals wie heute unfasslich scheint. Auf einem dritten Bild sah man Reisende an Bord eines Segelschiffes, über dessen Reling die Weite des Ozeans bezauberte, seltsame Spiele treiben. Sie schoben mit kleinen schaufelartigen Instrumenten auf den mit Quadraten und Zahlen bemalten Deckplanken Holzscheibchen hin und her und schienen dabei sehr belustigt. Wie überwirklich sich mir beim Betrachten dieses Bildes eine Stunde auf hoher See mitteilte, wurde mir freilich erst sehr viel später bestürzend klar, als ich selber an Bord eines Hochseeschiffes stand und mir alles so bekannt vorkam. Bekannt von damals, von jener Knabenstunde her im dämmrigen Rumpelkammerbezirk meines Elternhauses.

So wird man den Knaben verstehen, wenn er Pläne zu schmieden begann, sich in den Besitz wenigstens einiger dieser Bilder zu bringen. Denn die Ungewissheit des Wartens auf den rechten Augenblick von Mal zu Mal schien ihm zu quälend. Aber auch nur einen Band von seinem verstaubten Orte zu entfernen, schien aussichtslos. Wo hätte er solchen Umfang aufbewahren, wo hätte er ihn ungestört betrachten können? Das musste scheitern. Aber mit der großen Papierschere des Vaters war gutes Hantieren. Auch war wohl einem dicken Buche nicht anzumerken, dass ihm ein paar Seiten fehlten? Niemand verlor etwas dabei. Doch war der Gewinn unermesslich groß. – So waren meine Gedanken, die mehr und mehr nach Taten dürsteten.

Und wirklich ergab es sich unerwartet schnell, dass der Raub vollziehbar wurde. Eines Nachmittags war das Haus wiederum leer. Die Geschwister waren mit den Eltern in die Stadt gefahren. Ich hatte wohl eine nennenswerte Entschuldigung gefunden, daheim bleiben zu dürfen. Auch wurde mir versichert, dass Onkel Karl mit von der Partie sei. Die alte, fast taube Hannah blieb, das wusste ich, immer in ihrem Zimmer und konnte mich nicht stören. Und selbst Helene musste ins Dorf, um Wäsche zu mangeln. Sie setzte alles daran, mich mitzunehmen. Ich sollte den kleinen Handwagen mit dem Wäschekorb ziehen, eine Arbeit, die oft von mir gefordert wurde. Aber, mich als Herr im Hause dünkend, wies ich sie kalt und entschieden ab. So zog sie allein davon.

Damit war mein Weg frei. Freier, als ich so schnell zu hoffen gewagt hatte. Ich holte mir die große Schere, die immer am Arbeitspult meines Vaters hing, und ohne sehr vorsichtig und lautlos zu sein, stieg ich in die Dachkammern empor. Da oben hatte sich seit meinem letzten Besuch nichts verändert. So fand ich schnell, was ich suchte. Erinnere ich mich recht, pfiff ich sogar und hantierte schnell mit der Schere, vielleicht ein wenig zu schnell, denn die entstehenden Schnittkanten an den Heftseiten der Blätter fielen nicht gerade säuberlich aus. Auch schnitt ich ein paar Mal in die Bilder hinein. Ich wollts unten dann schon begradigen. Vielleicht erwachte auch der Sammeltrieb über das vorgefasste Maß hinaus, denn ich hatte schon einen hübschen Stoß ausgetrennter Seiten, als ich mit einem Male spürte, dass jemand hinter mir stand. Es war mir gleich klar, dass er aus einem unerfindlichen Grund nicht mitgefahren war in die Stadt. Aber ich wandte mich n i c h t um und tat, als merke ich ihn nicht. Überhaupt muss er über die ausgefeimte Perfidie meiner scheinbaren Unbekümmertheit gleich ins Rasen gekommen sein, denn er stieß mich plötzlich sehr unsanft von seinen Büchern fort. „Was ich an s e i n e n Büchern mache" schrie er. Nun tat ich so, als ob es für mich die allerbemerkenswerteste Neuheit sei, dass ich die alten Wälzer als sein Eigentum zu betrachten habe. „Deine Bücher, Onkel Karl" fragte ich tief erstaunt. „Deine Bücher?" Dabei klopfte ich wie ein Alter mit der Spitze der Schere auf den Stapel. Er riss mich erneut am Arm und die Schere polterte aus meiner Hand. Es staubte. Wir mussten beide husten. Dann entdeckte er den Stoß der bereits herausgetrennten Seiten. Er wurde sehr garstig und schalt mich einen nichtsnutzigen Zerstörer seines Eigentums. Andenken seien es, wertvolle Andenken an alte Zeiten. Ob ich denn überhaupt wüsste, was ich täte? Bei dem Wort Andenken tat er mir plötzlich sehr leid. Eine kleine Reue begann mich zu beunruhigen. Woher ich aber dennoch die Frechheit nahm, ihm zu entgegnen, dass meine Eltern ihre Andenken im Glasvertiko der guten Stube aufhoben und zur Schau stellten und nicht in einer staubigen Rumpelkammer verkommen ließen, weiß ich nicht. Ich dachte an die Tässchen, Bildchen und Nippesfiguren, die in so reicher Zahl unsere gute Stube schmückten und die mir zum Gähnen langweilig waren. Onkel Karl antwortete darauf nichts. Er schluckte offenbar etwas hinunter. Als ich viel später einmal in jedem dieser Bände ein gräfliches Wappen eingedruckt fand, glaubte ich wohl zu wissen, dass es ihm schmerzlich war, solche Andenken in Staub und Schutt des Bodens verborgen halten zu müssen.

Mir kam aber jetzt eine wundervolle Idee, die ich schnell aufgriff und mitteilte. Das Wort Andenken mochte sie erregt, das Mitleid beflügelt haben. So als ob ich nie etwas anderes gedacht hätte, unterbreitete ich meinem Onkel mit Honigworten die Überraschung, dass ich diese Blätter ja nur für ihn sammle. Leider habe er durch sein zu zeitiges Dazwischentreten dies Geheimnis zerstört. Jetzt müsse ich ihm freilich alles voll offenbaren. Ich habe für ihn einige Geschichten geschrieben (was natürlich einer glatten Lüge gleichkam), schöne Geschichten, die nun eben bebildert werden sollten. Ich wies auf das vor uns liegende Stößchen der schmählich aus ihrem Zusammenhang getrennten Blätter. Wenn er aber wolle, dass ich es nicht tue, so, meinte ich nun gespielt resigniert, könne ich das ja alles wieder einkleben und die Sache wäre abgetan. Dann wäre es eben nicht möglich, ihm diese Freude zu machen. Ich brachte es tatsächlich fertig d a v o n zu sprechen, dass ich ihm mit allem nur eine Freude machen wollte. Onkel Karl hörte sich das alles an. Offenbar war meine List nicht unwirksam geblieben. Er setzte sich auf eine Kiste, als er aber an seiner stützenden Hand den Staub verspürte, erhob er sich wieder sehr schnell und begann sofort, sein Gesäß und seine Hosen abzuklopfen. Als ich lachen wollte, wurde er wieder unmutig und seine Behauptung, dass ich kaum überhaupt schreiben könne und nun schon Geschichten schreiben wolle, brachte mir wieder den Unsinn meines Lügens und meine ganze missliche Lage zum Bewusstsein. Aber zurück wollte ich nicht mehr. Wo ich denn meine Geschichten hätte, wollte er wissen. Die seien allerdings da, log ich forsch weiter, nur müssten sie noch reinlich abgeschrieben werden, was eben in diesen Tagen geschehen solle. Dann wäre das ganze Buch mit diesen Bildern da fertig geworden – nur für ihn, für niemand sonst. Ich hätte es ihm schon recht zeitig gebracht – und niemand lieber als ihm, das beteuerte ich immer wieder und das Mitleid mit ihm machte den Ton meiner Stimme echt. Er ließ sich rühren, das war deutlich zu spüren. Denn er nahm nun den Stoß der Bilder und betrachtete langsam eines nach dem anderen. Ich schaute ihm von der Seite her zu und war gespannt, was er wohl tun würde. Ob ich alle Bilder brauche, fragte er. Noch mehr, sagte ich und hob die Schere auf. Hast du denn so viel Geschichten, wollte er wissen. Ich nickte lebhaft mit dem Kopfe. Vielleicht, so dachte ich, schenkt er mir nun alle Bücher, ich hielt es durchaus für möglich und die Freude eines unglaublich großen Triumphes wollte in mir aufbrechen. Sie saß schon ganz oben, auf der Zinne meines Herzens sozusagen. Aber ein kalter Wind blies sie schnell wieder in ihren Verschlag. Drei Bilder wolle er mir lassen, sagte er – das genüge. Es sei auch nicht gut für mich, jetzt schon Geschichten zu machen. Das verwirre mich nur. Aber ich könne nun drei Bilder wählen und wenn ich ihm dazu je eine Geschichte mache (es erleichterte mich, dass er sich so ausdrückte), dann wolle er das Spiel gelten lassen. Welche Bilder ich denn wolle und er hielt mir den Stoß so hin, als ob er gar kein Empfinden dafür hätte, wie sehr ich schon das Gefühl des Besitzenden in mir gehegt hatte. Das war bitter. Ich sah meine Felle fortschwimmen. Es war wohl nicht mehr viel zu retten. Ich sah mit einem Male, dass ich mich selber retten musste. Mir tanzte es ein wenig vor den Augen. Und als mir gar Onkel Karl das Blatt mit dem Shuffleboard-Spiel an Bord des Segelschiffes vorwies und von mir verlangte, ich möge es ihm deuten, verlor ich für einen Augenblick meine ganze Sicherheit. Jetzt aber kam der Moment, wo ich geradezustehen hatte und obwohl ich von dem dargestellten Bordspiel nicht einmal den Namen kannte, erzählte ich ihm die Regeln eines Spieles, das so naiv war, wie unser täglich geübtes Kästchen- und Scherbenspringen, aber so blühend ausgeschmückt dargestellt, dass er sich eines bewundernden Brummens nicht enthalten konnte. Wie konnte er ahnen, dass ich just in diesem Moment ein Fabulierer wurde. Ich entdeckte ahnungsvoll, dass meine Lügerei wohl einem tiefen, in mir liegenden Anlass entsprungen sei, und ich meinte mich auf einmal gerechtfertigt zu finden, so dass es der Reue nicht bedürfe.

Da tauchte das Blatt mit dem schlafenden Mädchen auf und ein unbestimmtes Gefühl sagte mir mit einem Mal, dass eigentlich alles unwichtig und unwesentlich sei im Augenblick mit Ausnahme dieses einzigen Blattes. Und wenn er mir auch alles entzog: dies musste ich haben. Das durfte nicht verloren gehen – das nicht. Ich versuchte es ihm aus den Händen zu nehmen. Er hielt es fest. Ich versuchte es zu mir herüberzubiegen, um mich an dem Anblick des schlafenden Kindes zu trösten, denn es war mir wie ein Trost, es zu sehen. Im stillen bat ich, er möge nicht nach diesem Blatt fragen. Aber die Erregung, die mich ergriff, konnte ihm ja nicht verborgen bleiben und so fragte er, ob ich wohl dazu auch eine Geschichte habe. Was sollte ich tun? Ich zögerte. Ich sagte nicht nein, nicht ja. Ich hielt für Momente stille und suchte auf dem Blatt nach einer Lösung des Ganzen. Aber das liebliche Kind schlief. Ich vermeinte den scharfen Regen aufs Dach klopfen zu hören. Die Regenrinnen spieen plätschernde Bäche. Da sah ich, wie der Blick der Mutter, in deren Armen das Mädchen lehnte, sich einem Manne zuwandte, der ein wenig traurig verstimmt, auf einen hohen Bergstock gestützt, dem Regentreiben draußen zusah. Und ich lenkte Onkel Karls Augen auf diesen Mann und es glückte mir, auch von ihm eine Geschichte zusammenzufabulieren, deren Inhalt ich nicht mehr weiß, die aber lang und interessant genug war, so dass ich das liebe Mädchen jeder Aufmerksamkeit entziehen konnte. Als ich meine Geschichte geendigt, lachte er und nannte mich einen Tausendsassa. Jetzt hätte ich noch einmal den Versuch wagen können, aufs Ganze zu gehen – aber es war ja alles unwichtig geworden vor dem schlafenden Mädchen. So bat ich ihn nur um dieses Blatt. Er zögerte. Aber er gab es mir und meinte schließlich, es wäre Zeit hinunterzusteigen. Ich hielt mein Blatt. Onkel Karl klemmte die anderen unter seinen Arm und so verließen wir den Boden – und die Bände versanken bald in Vergessenheit.

Überhaupt sprach Onkel Karl niemals von dieser Begegnung mit mir in der Rumpelkammer, aber auch ich erwähnte sie niemals wieder, weder vor ihm, noch vor anderen. Wir hatten wohl beide keinen Grund, viel Aufhebens davon zu machen. Er fragte mich auch nicht nach dem ihm so großartig von mir versprochenen Geschichtenbuch. Und das war gut so. Denn die Geschichte von dem schlafenden Mädchen, die ich still für mich ausspann und auch niederschrieb, füllte ein ganzes Heft, das ich niemals einem Menschen zeigte. Mich hat dieses Mädchen das Fabulieren gelehrt. Ihr Bild ist längst verloren und die Geschichte auch.

Nach dem Regen (1950)

Im Silberstollen

Wir waren damals 14- oder 15-jährig. Klassenkameraden in der Tertia, im Landheim unserer Schule, das wir klassenweise jährlich ein- oder zweimal für einige Wochen aufsuchten. Es war zeitig im Jahr, in den ersten Wochen des März, lange vor Ostern. Das Städtchen, das uns in der erlebnishungrigen Zeit junger Jahre so oft aufnahm, war ein kleines, stilles, abgelegenes Bergnest, von weiten, geheimnisvollen Hochwäldern umgeben, von einer verfallenen friderizianischen Festung überragt. Im Mittelalter, zur Zeit der schlesischen Kolonisation spielte es eine wichtige Rolle im Silberbergbau und in den verschwiegenen Waldgründen war zwischen Moos und Stein die Einfahrt zu manchem alten Schacht. Was konnte uns willkommener sein als diese geheimnisvollen Löcher, die in dunkle Erdtiefen führten, was konnte anziehender für uns sein, als sie zu entdecken und erforschen, was konnte unserer Abenteuerlust mehr Genüge geben als ihr gefahrenumwittertes Geheimnis? Zwar war es uns streng verboten worden, diesen Lockungen nachzugeben und die alten, überwachsenen Wälle, Gräben und Fortifikationen der Bergfeste des preußischen Königs boten uns Raum genug zu wildem Spiel: aber das Verbotene lockte mit unwiderstehlicher Gewalt. So entschlossen wir uns eines Tages, den alten Silberstollen im Katzengrund zu befahren und im Verborgenen planten wir in einer kleinen, verschworenen Gruppe das Unternehmen. Unsere Phantasie kannte keine Grenzen, unsere Vorbereitungen waren der phantasieerfüllten Erwartung angemessen. Den Start galt es für einen richtigen Augenblick, den wir abwarten wollten, anzusetzen. Wir fieberten diesem Augenblick entgegen. Wie es nun in solchen Augenblicken gesteigerter Erwartung geht, wurde, durch einen von uns angeregt, der boshafte Entschluss gefasst, unseren Klassenschwächling, einen kleinen, blassen, bebrillten Knaben mitzunehmen – oder „mitzuschleifen", wie wir es ausdrückten. Er hieß Felix.

Er sollte mit – und ich war schwach genug, meine Bedenken, die ich von Anfang an hatte, nicht zu äußern. Er sollte mit – und ich wusste warum. Dass er zu mannigfacher Gefahr auch noch den Spott auf sich nehmen müsse, schien mir zu viel. Deshalb warnte ich ihn, bevor wir eines Tages den Termin zur Ausführung unseres Planes für gekommen hielten. Er hatte eine Art Schutz gefunden, gegen drohende Annäherungen und allgemeine Spötteleien, die oft in großen Szenen endeten. Wenn er so etwas nahen fühlte, wusste er sich manchmal dem Drohenden durch Verschwinden zu entziehen. Ich wollte ihm die Gelegenheit zuschieben, dieses einzige Mittel, das ihm zur Verfügung stand, benutzen zu können. So sprach ich heimlich mit ihm. So versuchte ich, ihn zu warnen. Aber ich sollte eine unerwartete Entdeckung machen. Der ängstliche Felix hatte mit einem Male den mutigen Drang mitzukommen. Ich begriff das erst nicht und holte aus meiner Phantasie alle Gefahren heraus, die es über das wahrscheinliche Maß hinaus noch geben mochte. Ich schilderte wie ein erfahrener Abenteurer Tod und Verderben. Aber je toller ich die Gefahren der Höhle und des Abgrundes ausmalte, umso stärker bestand er darauf, mitgehen zu dürfen. Nur, als ich ihm deutlich machte, seine Ungeschicklichkeit möchte ihn dem Spott der Kameraden ausliefern, wurde er bedenklich – aber wischte schnell das Zögern aus seinem Bewusstsein und beschwor mich, ihn beim Aufbruch nicht zu vergessen. Wie konnte ich damals wissen, dass eine gehemmte und verschüchterte Seele die große Bewährung vor den Kameraden kommen sah? Was ich mit ihm besprochen hatte, behielt ich für mich. Nur übernahm ich es, ihn zu verständigen, als wir heimlich entwichen. Ich hatte mir vorgenommen, ihn unbemerkt unter meinen Schutz zu nehmen. Sechs waren wir, mit Felix sieben.

Die Morgenstunde war hell und frisch. Es hatte in der Nacht ein wenig geschneit, aber schon die frühe Sonne taute schnell überall dort, wohin sie mit ihren Strahlen tastete, den dünnen Schnee und noch sind mir in den schon zart grünenden Rasen-hängen die Schlüsselblumen in Erinnerung, die manchmal noch halb verschneit, in glänzender, perlender Nässe standen.

Mochte die Erregung auch groß sein, mit der wir dem Katzengrund zustrebten: was ich befürchtete, trat nicht ein. Es schien, als ob Felix ganz selbstverständlich zu uns gehörte und jede Spöttelei unterblieb. Ich beobachtete ihn heimlich und merkte, wie ganz anders sein Gesicht war als sonst. Wohl hielt die randlose Brille den kurzsichtig suchenden Blick, aber um seine Stirn unter den widerborstig aufgestellten Haaren war es heller als sonst. Das war nicht nur die Sonne, die uns ja auch bald verließ, als wir den schattigen Waldgrund betraten. Diese Erscheinung beschäftigte mich, ohne dass ich eine Erklärung dafür fand, aber sie rief eine bis dahin noch nie gekannte Wärme für den Knaben in meinem Herzen wach.

So kamen wir an die Einfahrt zum Stollen. Als wir dichtes Brombeergerank, das unsere Hände blutig ritzte, so gut es gehen mochte, beseitigt hatten, begann die Einfahrt in den Schlund, der uns entgegengähnte. Einer nach dem anderen – und Felix drängte sich danach, der erste zu sein. Keiner machte ihm den Platz streitig. Als wir alle in einer Reihe unten standen und unsere Taschenlaternen aufleuchteten, umfing uns eine überraschende Wärme. Vom Gewölbe tropfte Wasser und in Pfützen stand es auf dem unebenen Boden. Diese Höhlenwelt machte uns still, so dass wir nur flüsternd sprachen. Felix tastete sich langsam voran. Ein undeutliches Gewimmel zu seinen

Füßen ließ ihn stocken. Wir leuchteten schweigend die Höhlen im feuchtigkeit- und glimmer-glitzernden Gestein ab, deren Tiefe und Grund manchmal nicht zu ermitteln war. Da waren Hunderte – nein Tausende von Fröschen, die in Klumpen geballt, ein träges Leben äußerten. Sie mochten da unten überwintert haben und dem nahenden Frühling langsam entgegensehen. Einzelne hatten sich gelöst und ruderten schwerfällig in seichten, warmen Wasserlachen. An anderer Stelle hatten sich Feuersalamander versammelt, die kaum ein Lebenszeichen von sich gaben, wenn wir ihre lederne, schwarze, gelb gefleckte Haut berührten. Aber je tiefer wir kamen – wir mochten 200 Meter den leicht abwärtsführenden Höhlengang befahren haben – desto seltener trafen wir auf diese Tiere. Auch war an Einzelgängern, die alle dem Höhlenausgang zustrebten, zu erkennen, dass das Leben in den Tiefen sich nach dem Licht der Sonne sehnte. Aber die Wärme hier unten war groß und mancher von uns begann sich ab und zu den Schweiß von der Stirn zu wischen. So tasteten wir uns langsam vorwärts. Ich hatte Felix immer vor mir. Manchmal hatte ich unter dem Blitzen meiner Laterne den Eindruck, er schwebe. Mein Auge blieb wachsam.

Wie es kam, ich weiß es nicht mehr zu sagen. Ich hörte nur, dass ich schrie. Lange ausdauernd – immer wieder, meinen Kameraden das Grausen zutreibend. Felix wandte sich erschrocken um. Und wieder schrie ich, schrie ihm zu, ohne dass ich wusste, was. Beschwor ihn schließlich, sich nicht zu rühren. Und auch die anderen blieben schweigend, wie angewurzelt stehen.

Zwischen Felix und mir gähnte ein Abgrund. Es war einer jener tückischen, senk- rechten Stollen, die Silbersucher vor Jahrhunderten gegraben hatten, um tiefer liegendes, silberführendes Gestein zu finden, vor denen wir in vielen Mahnreden gewarnt worden waren. Wir kannten ihre Gefahren. Nur eines war nie zu ermitteln, wie Felix der Gefahr des Absturzes entkommen war: denn er hatte vielleicht fünf Meter vor mir gehend, ahnungslos die Stelle passiert, obwohl er nach allem menschlichen Ermessen hätte abstürzen müssen. Wie schwierig es war, dieser Gefahr zu entgehen, zeigte uns die gemeinsame Bemühung, ihn wieder sicher zu uns zurückzubringen. Es kostete Vorsicht und Mühe, aber es gelang. Dass wir nachdem unserer Entdeckerlust Einhalt geboten, ist wohl verständlich. Und recht schweigsam kehrten wir ins Haus zurück. Leichter wurde uns erst, als wir sicher waren, dass unsere Unternehmung Geheimnis geblieben war. Unser Fortgehen war kaum bemerkt worden.

Damit war Felix unser aller Freund geworden und wenn wir es auch nicht aussprechen konnten: erfahren hatten wir es alle, dass Engel sind und wirken.

Abschied der Freunde (1951)

Einhüllendes, schneewebendes
Dämmern
streicht über Park und Gärten.
Nur mattes Mondlicht
sickert aus zartem Gewölk.
Nahe dem Herzen
sitzt nickend ein Leid.
Horch!
Es tropft von den Ästen:
zitternde, tauende Perlen.
Stapf durch den Schnee.
Wie weich und sanft
fügt er sich unter dem
leichten Schritt.

An der Grenze

Einen ganzen Morgen lang hatte ich das Holz gespalten, mit dem ich jetzt den kleinen eisernen Ofen fütterte. Er fraß gut und tat mehr, als auszuhalten war. Manchmal musste ich die Fenster aufmachen, aber die feuchte November-Regenkühle machte mich schnell immer wieder frösteln. So ließ ich lieber die glutende Hitze um mich und warf den Rock ab und saß – lesend – denn ich las in diesen Tagen, las und las: doch davon später.

Ich hatte also den ganzen Morgen Holz gespalten, in der kahlen, leeren, kalten Scheune. Da lagen die Kloben. Buche, Eiche, Kiefer in wildem Durcheinander. Und ich klaubte mir die besten Stücke aus von den glatten Stämmen und ohne Knorren und Wurzelfaser. Die langstielige Axt war gut zu schwingen und scharf war sie auch. So blieb ich unermüdlich an der Arbeit und Schwung auf Schwung und Schlag auf Schlag. Der Atem wehte mir vom Munde und das splitternde Holz sprang weit in die düstere Tenne. Manchmal hörte ich das Singen des Windes in den hohen dunklen Dachsparren. Und manchmal das Bellen eines Hundes und die hellen Stimmen spielender Kinder von der Dorfstraße herein. Ich sammelte dann die wild zerstreuten, frisch duftenden Stücke und trug sie korbweise ins Haus hinauf. Ich wollte versorgt sein.

Das Haus war klein und alt und schadhaft. Wir Freunde hatten es uns vor Jahren gekauft zum gelegentlichen Aufenthalt, wenn wir der Großstadt müde waren. Es war billig und wir liebten seine traurige Verfallenheit, die wir nicht aufhielten. Der Schwamm saß in seinen Mauern und durch einige schadhafte Stellen am Dach tropfte der Regen und der tauende Schnee. Wir ließen es tropfen und verjagten auch die Fledermäuse nicht, die unter den Dachbalken hingen auf dem alten Speicher, der lange keine Kornsäcke mehr gesehen. Und auch der Garten ums Haus befand sich in einem Zustand wachsender Verwahrlosung. Umso mehr freuten wir uns, wenn uns die alten Obstbäume im Spätsommer fast immer reichlich mit Obst beschenkten, mit gelben Birnen und mit festen, süßen Äpfeln. Auch Pflaumen gab es und Aprikosen. Was wir davon nicht mitnahmen in die Stadt, legten wir in die Bodenkammern auf Stroh. So kam es, dass das Haus des Winters immer schön nach Äpfeln duftete.

Die meisten Räume aber standen leer und waren zu unfreundlich, um noch bewohnt zu werden. Nur eine Giebelstube hatten wir uns so eingerichtet, dass wir dort bequem jederzeit, wenn es sein musste auch zu viert, wohnen und bleiben konnten.

Dort lebte ich nun für ein paar Tage in der Einsamkeit, im November. Und heizte den eisernen Ofen. Und las.

Nicht das las ich, was ich mir mitgenommen hatte zu lesen und zu studieren: Vorbereitungsarbeiten für ein in Kürze fälliges Examen. Ich hatte diese Bücher nicht einmal aus meinem Rucksack ausgepackt. Dafür aber hatte ich auf der Suche nach Anzündpapier für meinen Ofen in einer der Bodenkammern Berge von alten Zeitschriften gefunden, Zeitschriften aus Großväter- und Urgroßväterzeiten, viele sorgfältig gebundene Bände aus den Jahren zwischen 1840 und 1880. Mir fiel wohl ein, dass einer der Freunde bald nach Erwerb des Hauses einen Wagen voll alter Zeitschriften hinausgefahren hatte. Sie sollten verbrannt werden, wenn es einmal an Holz mangeln würde. Aber ich hatte das längst vergessen. Nun fand ich sie wieder und sie ließen mich nicht wieder los. Ich holte mir Band um Band und bald lagen die schwarzen und braunen Bände um meinen Stuhl in Haufen geschichtet. Ich blätterte und las, selbst als ich mir meine schnellen Junggesellenimbisse bereitete, und ich las fast die Nächte durch. Und beschaute mir die vielen sorgfältigen Holzschnitte und Illustrationen. Und vergaß mich selbst.

Wie klar steht mir vieles noch in der Erinnerung. Da gab es Bilder von der ersten deutschen Nationalversammlung in Frankfurt und Bilder von Abgeordneten, Gesichter voll biederen Ernstes und treulicher Absichten voll und einen Blick in das weite hohe Rund der Paulskirche mit kleinen Männlein in schwarzen Röcken überall. Da gab es hämische Aufsätze voll schleimiger Unterwerfung unter ein herrschendes Königshaus. Da waren Bilder von prunkvollen Hofbällen auf spiegelndem Parkett, viel prächtige Uniformen und Damen und Mädchen in blütenhaften Kleidern, ganz in Tüllvolants aufgelöst mit wehenden Schleppen und kunstvollen Toupets und alles bei strahlendem Kerzenglanz. Da waren aber auch Eindrücke aus den belgischen Kohlengruben und Bilder von unter Tage arbeitenden Kindern und kleinen, geduldigen Pferden vor schweren Kohlenkarren in der Nacht der Gänge und Schächte. Und die Attacke von Mars-La-Tour und die Einschließung von Sedan und ein Bild deutscher Soldaten im Theater von Metz. Das ganze weite Rund der Logen und Ränge ist von biwakierenden Preußen besetzt – nein belegt. Sie trinken Sekt aus requirierten Flaschen und sind sehr lustig und baumeln mit den Beinen über die Samtbrüstungen der Ränge und rufen und prosten sich zu. Und auf der Bühne hat man inzwischen schnell einen Mummenschanz improvisiert und behängt sich mit Kostümen. Und einer streicht im Orchesterraum den großen Kontrabass und ein anderer schlägt auf die Pauke. Und andere Bilder zeigten Bismarck und den dritten der Napoleoniden bei ihrem ersten Zusammentreffen nach der Schlacht von Sedan auf einer verregneten, französischen Landstraße mit hohen Pappeln an den Seiten, die sich in Regenpfützen und geschwollenen Gräben spiegeln. Und Gambettas Flucht in einem Luftballon aus dem belagerten Paris. Und Bilder von Wagners erster Ring-Aufführung. Man sieht die Rheintöchter auf kunstvoll angebrachten Schaukeln über das Proscenium schweben. Alles sehr amüsant anzuschauen mit seiner biederen und altväterlichen Genauigkeit der beigefügten Erklärungen.

Aber die Menschen hatten damals einen Zug in die noch unerschlossenen und vor allem ungenutzten Weiten. Kühne Forscher hatten schon vorher bedeutsam auf die Schätze der Erde gewiesen, aber der Unternehmergeist hatte bisher gezögert, sich voll in epochemachender Weise unter den Menschen zu manifestieren. Da nun aber die Verkehrsmöglichkeiten unter wunderbaren Erfindungen und ständigen Verbesserungen des Maschinenwesens ungeahnt wuchsen, ergriff die Menschen das Fieber nach nutzbaren Fernen und besonders der Kaufmannsgeist der angelsächsischen Völker feierte Triumphe. Davon kündeten die alten Zeitschriften in Wort und Bild. So sind mir besonders die zahlreichen Aufsätze über Nordamerika in der Erinnerung, das damals die großzügige Landnahme im Westen zu einem Lande der Abenteurer und kühnen Pioniere machte. Die ersten Eisenbahnlinien waren unter großen Anstrengungen bis zum Pazifik vorgetrieben worden. Davon war in reichen Bildaufsätzen die Rede. Man sah Ingenieure und Arbeiter im Kampf mit den aufsässigen Rothäuten und hatte man, wie Krieger, die Fortführung der Trassen erzwungen, und stießen die ersten altertümlichen, großen Lokomotiven mit Schornsteinen wie Dinosaurierhörner in die Wildnis vor, dann mussten die Reisenden oft genug vor den haltenden Zug, um mit Büchsen die unübersehbaren Büffelherden zu bekämpfen, die ruhig äsend tagelang über die Schienenstränge wechselten. So ward es spannend erzählt und auch in Holzschnitten dargestellt und ich sehe die verwegenen Burschen noch vor mir, die, in Patronengurte gewickelt zwischen die Bisons halten und wegkartätschen, was sich nicht unschlüssig und langsam zur Flucht wendet. Hunderte, Tausende von Tieren blieben verendet und unbeachtet auf der Steppe, den Geiern zum Fraße. Andere Bilder zeigten Flussdampfer auf dem Mississippi, auf dem Missouri und dem Amazonasstrom, jene doppelschornsteinigen, hoch überbauten Dampfschiffe mit den großen Schaufelrädern am Heck, beladen mit Baumwollballen oder Holz. Wie riesig diese Urweltströme, wie gewaltig die Wasserstürze und Fälle, unüberwindliche Hindernisse der Schiffahrt.

Dies alles beschäftigte und erfüllte mich und ich las und beschaute Bilder in einem Zustand so völliger Hingegebenheit wie selten vorher. Was mich aber bewegte, ja bestürzte, war etwas anderes: afrikanische Abenteuer. Noch war Afrika der dunkle Erdteil, noch waren die zentralafrikanischen Urwälder unbekanntes Land und mutige und beherzte Männer brachen auf, um ihre Unergründlichkeit zu erforschen, schwerste Hindernisse zu überwinden, um zu erobern und nutzbar zu machen. Auf kleinen Booten befuhren sie die Urwaldströme, den Kongo, den Niger, den Sambesi und erlebten, was nie vorher ein Mensch sah. Nie gesehene Tiere, vor ihnen aufgeschreckt, flohen ins nächtige Urwalddunkel und versteckt lebende Negerstämme, oft zwergenhaft kleine Leute, überschütteten sie aus sicherem Versteck mit todbringenden Pfeilschüssen oder bedrohten sie mit geschickt gestellten Fallen. Ein Leben hoher Abenteuerlichkeit und tödlicher Gefahren. Monate und Jahre verstrichen ihnen unter dunkel schattenden Urwaldriesen, in krankheitsschwangeren Sümpfen und sie mussten sich oft hoffnungslos abgeschnitten fühlen von jenen Ländern der Zivilisation, von denen sie ausgezogen waren. Ich lebte mit ihnen, sah und hörte mit ihnen und die Nächte ihrer Einsamkeit ergriffen mich mit steigender Gewalt. Ich vergaß mich nicht nur selbst, ich begann mich zu verlieren. Eine Verwandlung ergriff mich, die ich nicht mehr lenken konnte. Ich fühlte mit Schaudern, wie ich die Herrschaft über meine ans Abenteuer hingesunkene Seele verlor. Was ich auch tat, ob ich mein Essen zubereitete oder den Ofen versorgte, ich tat es nur noch wie ein Automat. Ich begriff mich selbst nicht mehr. Aber deutlich, aber greifbar mit unwiderstehlicher Gewalt erstanden meinem dürstenden Herzen Afrikas Urwaldnächte und des schwarzen Mannes geheimnisvolles Leben. Manchmal hing ich noch an einem Satze, einem Bilde meiner Bücher – aber mehr und mehr überwältigte mich jenes wache Träumen, das stundenlang dauern konnte und eine Verwirrung ankündigte, die schließlich verheerend über mich hereinbrach. Es begann damit, dass ich die Trommeln aus im Urwaldbusch verborgenen Negerdörfern zu hören vermeinte. Es war keine Sinnestäuschung, denn um mich lag die klare Stille ländlicher Novembernacht und die Kerzen auf meinem Tisch brannten ohne zu flackern. Nur die brennenden Holzscheite im Ofen rumorten. Ich hörte und erkannte dieses Geräusch. Daneben war es so still, dass ich mein Blut raunen hörte und jenes singende Klingen im Ohr, das nur in großem Schweigen hörbar wird. Ich war hellwach und diese Wachheit verließ mich in allen diesen Stunden nicht. Aber die geheimnisvollen Stöße der Trommeln waren da, antworteten fern und nah, verteilten sich in der schweigenden Nacht und machten mich fiebrig. Bald dumpf und fern, in trägem Rhythmus mit langen Pausen, in denen die Bangnis meines Herzens wuchs, bald näher kommend und voller Bedrohnis, in schnellen, dumpfen und aufgeregten Takten – und wieder abbrechend und langes Schweigen dazwischen. So ging es unaufhörlich und wollte sich nicht lösen, schwoll zudringlich an und verebbte in der Stille. Ich spürte, dass mein Fieber wuchs. Mir war, als flösse mein Wesen unbegreiflich aus in ein dämmerndes Zwischenreich dunkler Gewalt. Ich fühlte eine Krankheit über mir zusammenschlagen und konnte ihr nicht wehren. Ich verlor das Bewusstsein nicht und lag doch in einer Lähmung, die ich nicht zu überwinden vermochte. Mit greifbarer Deutlichkeit erstanden hier die sinnverwirrenden Bilder tropischer Urwaldnächte, noch genährt durch die maßlos betriebene Lektüre – nun aber sog die Flamme des Fiebers aus völlig unbegreiflichen Tiefen des eigenen Wesens Bilder, die keinem äußerlich aufgenommenen Vorbild entstammten und schaudernden Fußes stand ich plötzlich auf einem Boden, der jede gesunde Wirklichkeit riesig übersteigerte. Ich lebte in Raum und Zeit und bebte vor der Erkenntnis, dass ich sie andauernd überwand. Ich sah die stillen Kerzen auf dem Tisch und spürte dabei heraufdämmernde Unwetter mit Blitz und Regen über fanatisch vom Sturme gepeitschten Urwaldgipfeln und die Trommeln wollten nicht schweigen. Das Leben vollzog sich auf doppelter Ebene. Das lag auf mir als eine schwere Last. Ich wusste, dass nun etwas Furchtbares sich vollzog, und ich hatte die Kraft nicht, es zu lenken. Ich hatte nur den Wunsch, es zu überstehen. Er lebte in mir wie ein fernes Licht, aus dem allein ich zu leben hoffte, wie auch alles sonst ausgehen möchte. Aus der mit diesem Wunsche verbundenen Hoffnung schaute ich mir selber zu.

Unter diesen Ängsten verging eine schlaflose Nacht und der anbrechende Morgen machte das Licht der Kerzen nichtig. Der Novemberregen schlug wieder, vom Winde getrieben, an das Fenster. Ich sah, wie die schon beinahe kahlen Baumwipfel heftig hin- und hergeworfen wurden, ich sah das quirlende, treibende Grau des Himmels durch die vom Regen bespritzten Scheiben. Dort aber, wo ich sonst mühelos den Tag mit einem sicheren Entschluss beginnen konnte, starrte ich, unter klarer Wahrnehmung der Stunde, in einen Wirbel unbegreiflicher und bestürzender Erlebnisbilder. Ihre bedrängende Gegenwärtigkeit mochte unter dem anbrechenden Tageslicht nachgelassen haben, ihre Wirkung aber blieb wie der Schmerz einer vor Stunden empfangenen Wunde. Ich wollte mich rühren, aber wie gelähmt blieb ich auf meinem Bett liegen, auf das ich mich vor Stunden, ohne mich zu entkleiden, geworfen hatte. Und so mochte es kommen, dass ich in den frühen Morgenstunden dennoch einschlief. Endlich nahm mich die Bewusstlosigkeit des Schlafes auf und ich entsank den Ängsten der bedrohlichen Verwirrung.

Als ich erwachte, war es 12 Uhr mittags. Mit einem erschrockenen Ruck richtete ich mich empor. Ein schneller Blick auf meine Taschenuhr zeigte mir die vorgeschrittene Zeit. Ich fühlte mich benommen und leer. Im Kopfe hämmerte ein hässlicher Schmerz. Ich versuchte mit der Hand die Augen zu klären, vor denen ein trüber Schleier zu hängen schien. Aber der Schleier blieb. Das Zimmer schien fremd, die Gegenstände um mich so vage und entfernt, als ob Meilen zwischen ihnen und mir sich breiteten. Eine Übelkeit erregende Unwirklichkeit störte mich schmerzhaft. Ich wollte erneut zurücksinken. Da wurde mein Blick nach draußen gezogen. Es hatte sich aufgeklärt und blinkender Sonnenschein schmeichelte um feuchte Baumkronen. Auch übte eine Kohlmeise irgendwo im Garten laut und deutlich ihren Pfiff. Mir schiens wie ein brüderliches und teilnehmendes Zeichen, auch lockte mich das Sonnenlicht wie ein Verwandtes. So sprang ich, meine Zerschlagenheit überwindend, vom Bett auf, nahm Rock und Mantel über, zog meine hart getrockneten und schmutzverklebten Stiefel an und lief in den kühl-hellen Mittag.

Das kleine, in eine sanfte Talmulde eingebettete Dorf lag still, nur der Wind trug blauen Rauch aus den Essen über die leeren Felder. Große Wälder umstanden die Rodung, von Sonnenlicht überglänzt, mit hellschimmernden Birken hier und da an ihren Rändern. Ihnen schritt ich langsam hügelauf zu. In meinen Beinen verspürte ich eine seltsame Mattigkeit. Die Frische, mit der ich vor wenigen Tagen hierher gekommen war, wollte sich nicht wieder einstellen. Oben angekommen, tauchte ich in die weiten Wälder ein, die sich ostwärts bis über die nahe Grenze nach Polen hineinziehen. Einem vom Regen aufgeweichten, von Pfützen überstandenen Sandweg folgte ich, der sich in Krümmungen und Windungen durch den lichten Kiefernbestand zog. Die Brombeerbüsche am Wege glänzten regennass. Ich sah das alles, aber die Müdigkeit erzeugte in mir kein Echo. Ich nahm es wohl wahr, aber meine Seele antwortete nicht. So schlich ich immer weiter in die Waldbestände hinein, wahllos nach rechts oder links abbiegend, wie es eben kommen mochte. Nur zurück wollte ich nicht. Ich suchte meine Seele, die mir abhanden gekommen war. Aber keinem hätte ich darüber Rechenschaft geben können, denn die Verworrenheit verdunkelte mir das Denken.

Schließlich stand ich nach pfadlosem Irren durch die mehr oder minder dichten Gestelle in einem jungen Stangenholz vor einem sorgfältig gepflockten Haufen Knüppelholzes. Ich schwang mich obenhin auf. Ich saß nicht gut und bequem – aber das störte mich nicht. Ich vergrub den Kopf in meine Hände, stützte meine Ellenbogen auf meine Schenkel und versuchte auszuruhen. Aber es wollte nicht gelingen. Jetzt begriff ich: meine Seele ist fortgegangen. Sie ist so fortgegangen, wie ein Freund aus dem Haus, und ich bin allein gelassen. Sie ist fortgegangen und ich konnte mir um nichts in der Welt vorstellen, wo sie geblieben sein mochte. Sie fehlte mir, aber wer hätte mir denn wirklich sagen wollen oder können, wo sie geblieben sei. So dachte ich und war schon froh, dass es mir gelang, so zu denken. Sie war einfach fortgestrudelt und ich musste an einen Bach denken, der plötzlich in einem Erdloch verschwindet und nirgends mehr zutage tritt. Ein höchst merkwürdiger Zustand! Aber was war zu tun? Und es war vielleicht noch merkwürdiger, dass ich überhaupt an Tätigsein dachte. Ja, ich dachte im Augenblick so sehr daran, dass mir alles andere nebensächlich schien. Mir war, als ob sich das Licht meiner Hoffnung erhellen wollte, je näher ich einem Entschlusse rückte. Noch stritt in mir die Müdigkeit mit dem Willen zum Aufbruch und die Müdigkeit war sehr groß. Aber eine ferne Helligkeit rief. So wie mich Stunden vorher der Pfiff der Kohlmeise angerührt und das Sonnenlicht draußen, so rief nun etwas von innen. Sollte es möglich sein – – ? dachte ich schnell: sollte sie am Ende zurückwollen? Aber mit solchen Vermutungen war es nicht getan. Was nützte das alles, wenn ich bewegungslos sitzen blieb. Man musste sie locken wie einen entflogenen Vogel. Dazu war List nötig. Ich musste lächeln, als mir klar wurde, dass ich mit List meine eigene Seele wiedereinfangen wollte. Aber Lächeln: das war vielleicht der schönste Anfang. Und unter dem Lächeln kam mir ein Plan. Er kam mir aus der Sicherheit alten Wissens und aus der Unbefangenheit kindlichen Spieltriebs. Ich begriff ihn nicht, aber ich ergriff ihn, wie ein Gefangener den ihm plötzlich zugeschobenen Schlüssel seiner verschlossenen Zelle. Mehr vermag ich darüber nicht zu sagen.

Ich glitt vom Holzstoß und begann vom Waldboden Kiefernzapfen zu sammeln. Wir hatten es als Kinder so oft getan und mit dem Hin und Her zwischen den feuchten, jungen Stämmen, den träufend nassen Moosstücken und dem starken würzigen Waldduft um mich und dem hellen Sonnenweben über dem Ganzen, mit Kindheitserinnerungen zärtlich vermischt, fühlte ich erwachende Freude. Ich spielte. Und ich überließ mich ganz diesem Spiel. Es war ein fröhliches Spiel, das zeigte sich immer deutlicher. Ich stopfte die Hosentaschen, die Rock- und Manteltaschen voll. Ich wusste schließlich nicht mehr, wo ich noch mehr unterbringen sollte. Ich suchte eine sonnige Stelle und leerte die Taschen aus. Ich begann dabei vor mich hinzupfeifen. Es war ein schönes Häufchen. Es machte mir Spaß zu zählen. Zweihundertsieben genau. Noch schien es mir zu wenig. So begann ich erneut zu sammeln. Pfeifend und vor mich hinsummend. Auf und ab und in der Runde. Manchmal anhaltend und um mich schauend, auf den Nachhall meiner Tritte im Holze lauschend, die Einsamkeit fühlend. So sammelte ich noch einmal zweihundertundzwanzig. Das war genug. Dann beugte ich mich an einer sandigen Stelle zu Boden und begann einen großen Kreis aus Kiefernzapfen um mich herum zu legen, Zapfen an Zapfen. Mit besonderer Sorgfalt versuchte ich die Rundung des Kreises vollkommen zu machen. Das war nicht einfach und ich verbesserte mein Werk immer aufs Neue. Aber es gelang. Befriedigt umschritt ich dann das Ganze, abwechselnd innen und außen.

Die einfache, von mir erzeugte Figur befriedigte mich und machte mich fröhlich. Im Schreiten nahm ich sie wohlgefällig in mich auf. Meine Tätigkeit hatte mich zu einem kleinen aber guten Erfolg geführt. Ihr Sinn war die wachsende Freude, die mich ergriff. So stand ich noch eine Weile im Mittelpunkt des Kreises und empfand die gesundende Kraft, die ihm entströmte, dankbar. Die verloren geglaubte Seele hatte zu mir zurückgefunden. Das fühlte ich. Und unter diesem Eindruck beschloss ich meine Wanderung fortzusetzen. Ich nahm mir vor, noch 2000 Schritt pfadlos geradeaus nach Osten weiterzuwandern. Die Richtung zu finden, war nicht schwer, denn die späte Sonne stand mir im Rücken. Eine große und wohltuende Frische gab mir eine seit Wochen nicht mehr empfundene Beschwingtheit. Sorgfältig zählend maß ich meine Schritte über sandige Heide und dichte Schonungen, den Blick immer nach Osten gerichtet.

Kiefern in der Abendsonne (Mönstadt) (1947)

Rege die Flügel, Vogel!
Vogel, fliege aus!
Hoch vom felsigen Hügel
Übers Meer hinaus.

Wellen, Wellen schäumen,
Voller braust der Sturm.
Auf der umbrandeten Insel
Ruft die Glocke vom Turm.

Über Wolkengeklüften
Schimmert spätes Licht.
Drunten Sturm und Wellen,
Schiffe, die zerschellen:
Freiheit, hoch oben, für dich!

Schiffslände am Rhein (1948)

Aus einem Februar

Heute begann es zu stürmen. Die Kälte nimmt seit einigen Tagen ab. Gestern regnete es leise, aber genug, um den spärlichen Schnee von den Wegen und Feldern fortzuwaschen. Die fernen Waldhöhen stehen in tintiger Schwärze vor der Helligkeit des hier und da aufreißenden Himmels. Aber auf dem brüchigen Eise des Dorfteiches höre ich noch die Kinder lärmen. So taten wirs damals auch, und uns reizte die Gefahr, wenn das wässrige Eis unter unseren Schlittschuhen knirschte und sprang.

Ich bin draußen gewesen. Hinter dem Dorf fiel mich der Sturm gewaltig an, von den Wiesen herauf. Ab und zu bringt er schwere Regentropfen mit. Dann blitzt die Sonne plötzlich wieder zwischen schnell hingetriebenem Gewölke mächtig übers Feld, eine Fülle gleißenden, blendenden Lichtes. So geht und verwandelt sich Licht in Schatten, Schatten in Licht. Schon versuchens die Bauern mit dem Pflügen. Zu zeitig, wie ich meine, doch der Wind wird die Krume schnell trocknen.

An der schützenden Mauer der Schlossgärtnerei ruhte ich vom Sturme aus. Er strich über mich weg, sang und raunte in den kahlen Lindenwipfeln am Wege über mir. Ich sann lange nach ein paar Worten, die jenes so unvergessliche Geräusch treffend enthalten sollten, aber ich fand sie nicht. Mir fiel ein, dass ich den Gärtner danach fragen müsse.

Der Wind riss mir das grüne Holztor aus den Händen, und ich hatte Mühe, es wieder zu schließen. Zwischen den winterlich-schwarzen Beeten war kein Mensch zu sehen. Ein alter Eimer polterte vom Kehricht. Ein paar Hühner flohen, vom Sturme zerzaust, von einer windgeschützten Ecke zur anderen. Der Hund schlug an.

Im Treibhaus fand ich des Gärtners Frau. Sie war damit beschäftigt, vorgetriebene Frühlingsblumen einzutopfen. Wieder blitzte die Sonne hell durch das Glasdach und es war ein friedliches Bild, ihre emsigen Hände mit der trockenen, feinen dunklen Blumenerde hantieren zu sehen, die, ein hoher Berg, vor ihr lag. Dazu die Farbigkeit der Blüten und der warme Duft, Gemisch aus Blütensüßigkeit und dunstender Erde. Aber der Meister war nicht da. Er war mit seinem Wägelchen „ins Holz" gefahren. Ich musste schnell einsehen, dass ein Loskommen nicht möglich war. Denn die Meisterin lud mich zu einer Tasse Kaffee ins Wohnhaus, zumal es, wie sie meinte, an der Zeit sei, die Arbeit zu unterbrechen und wieder einmal mit einer

„Menschenseele" zu sprechen. Ich kannte ihren Drang nach „Menschenseelen" und mir schauderte ein wenig davor. Doch durfte ichs nicht mit ihr verderben.

So saß ich in ihrer warmen Stube, während ich sie in der Küche die Kaffeemühle drehen hörte. So energisch, wie gleich ihr Mundwerk mahlen würde. Inzwischen betrachtete ich mir das Zimmer mit seinen hohen dichtgedrängten Kirschbaumschränken, in dem es nach trockenen Kräutern und Tabakrauch duftete. Jedes Fensterbord, jede freie Stelle auf Schreibtisch und Schrank war mit unübersehbarem Kleinkram bedeckt. Von dem einzigen Bild an der Wand, einem sargdeckelähnlich gerahmten Stahlstich, schauten mich die strengen Augen des Genfer Reformators an und ich glaubte eine gewisse Familienähnlichkeit mit der Meisterin zu entdecken.

Nach einiger Zeit kam sie mit einer Riesenkanne herein. Doch ehe sie einschenkte, setzte sie ihre Tabakpfeife in Brand. Denn sie liebte das Pfeiferauchen ebenso sehr wie das Schwatzen. Dann wurde, trinkend und heftig dampfend, der üble Weltenlauf verdammt, im Allgemeinen und Besonderen, wobei sie recht bald beim Besonderen hängen blieb. So ging es vom vertrunkenen Nachtwächter bis zum lockeren Lebenswandel der Gräfin P., ihrer Herrin. Ich blieb in diesem Falle unangetastet und ausgespart, denn jetzt war ich ja die „Menschenseele", mit der sie Zwiesprache pflegen wollte – und darin hatte sie Takt. In einer unvermuteten Wortpause ergriff ich geistesgegenwärtig die Gelegenheit, um mich zu verabschieden. Sie war ein wenig gekränkt, aber sie ließ es zu.

Im Hinausgehen und als ich mich schon gegen den Sturmwind da draußen rüstete, dachte ich so bei mir: o, armer Gärtnermeister, deine Weisheit ist ein schwer erkauftes Gut.

Nach Hause zurückgekehrt, will ich mich an die Arbeit machen. Es gilt, einen gestern geschriebenen Aufsatz über Georg Trakl zu überarbeiten. Ich weiß nicht, wie weit ich damit kommen werde, doch bin ich guten Mutes. Unklar ist vor allem noch die Stelle über die Jugenddramen und das Don Giovanni-Fragment. Auch hat W. S. in seiner Biographie die Dinge meines Erachtens zu oberflächlich gesehen. Doch sind das schwierige und verantwortungsvolle Unternehmungen. – Mein Auge fällt auf die Schneeglöckchen, die mir der Gärtner neulich schenkte. Ich habe sie lange betrachtet, und mir will scheinen, als ob aus ihrer stillen, zarten Art zu blühen mehr Aufschluss und Weisheit über ein Menschenleben zu schöpfen sei, als aus Menschenwort und Menschenwitz. Ging es mir im vorigen Sommer nicht so, als ich eines Morgens, beim Aufwachen, von einem gegen das Morgenlicht stehenden Glockenblumenstrauß mehr über die Droste erfuhr, als aus den gedruckten Biographien? Auch will mir das Briefwort Goethes nicht aus dem Sinn: „Die Liebe gibt mir alles und wo die nicht ist, dresch ich Stroh."

Nach dem endgültigen Schlußstrich gestern Abend spät, als ich das Fenster öffnete, stand ein heller Feuerschein am Himmel. Es brannte im Nachbardorf. Der Sturm hatte sich etwas gelegt, doch kam er noch ab und zu in Wogen über das Feld. Der Feuerschein zuckte in wechselnder Stärke an den Wolken und kam und ging mit den Wellen des Windes. Kurz darauf hörte ich vom Schlossturm die Feuerglocke läuten. Ich entschloss mich hinüberzulaufen.

Ich ging über den Hügel, schnellen Schrittes, und kam warm auf der Höhe an. Der Wind hatte nach Osten gedreht. Er fiel mich fauchend und kälter als am Tage an. Von hier konnte ich die Brandstelle schon näher sehen. Der Sturm leistete wohl ganze Arbeit, denn die Flamme schien sich mächtig auszubreiten. Ein schauerlich-prächtiger, langhingezogener Funkenschleier hing übers nächtliche Feld herein. Es roch brandig. Auch hörte man zwischen den um die Ohren brausenden Windstößen das ferne Geschrei der Leute. Als ich am jenseitigen Abhang des Hügels eine Weile stillstand und hinüberschaute, erschrak ich vor einem plötzlich aus der Dunkelheit auftauchenden großen Hund. Er war allein und schien einer Spur zu folgen. Als er mich bemerkte, kam er ohne Zögern an meine Seite und setzte sich knapp hinter mir nieder. Es war, als wolle er mich bewachen. Als ich mich nach ihm umwandte, sah ich in seinen Augen den Widerschein des Feuers phosphorisch glühen. Ich ärgerte mich über diesen unheimlichen Gesellen, bückte mich nach einem Stein vom Wege, um nach ihm zu werfen. Doch ehe ich noch ausholte, wich er in die Dunkelheit des Buschwerks am Grabenrande zurück und stieß ein langhinhallendes, heulendes Gebell aus. Ich behielt den Stein in der Hand, als ich weiterging.

Im Dorfe brannte ein ganzes Anwesen. Die Scheune war nur noch von innen glosendes Mauerwerk, aber über Wohnhaus, Stallungen und Remisen züngelte jetzt die Flamme mit neuer, windgefachter Wut. Man hatte das brüllende Vieh in den Garten getrieben, Hühner schrieen aufgeregt, Tauben flatterten um die Flammen. Aber wie wunderte ich mich, als ich die Menschen sah, die aufgeregt und durcheinanderwimmelnd Hilfe zu leisten versuchten. Da sah ich Teufel und Harlekine, Pelzvermummte und Brokatglitzernde, Befiederte und Gerüstete, Prinzen und Bettler. Auf der Feuerleiter hielt ein geschwänzter Dämon den Wasserschlauch, an den Pumpen war buntes Volk beschäftigt und der Feuerwehrhauptmann trug die umständliche Tracht eines Landsknechts. Da begriff ich, dass diese Menschen bei einem Fastnachtsfeste im Dorfkrug versammelt, vom Feurio aufgestört worden waren, dass ihnen keine Zeit mehr geblieben war, den Flitter abzulegen.

Soweit war das Rätsel dieser Szene schnell gelöst und man konnte einsehen, was „wirklich" war. Dass aber dahinter dennoch anderes lauerte, wurde spürbar, als etwas Erschreckendes geschah. Ich wurde erst darauf aufmerksam, als das Geschrei der Menschenmenge plötzlich so laut wurde, dass es selbst das Prasseln und Fauchen der Flammen übertönte: der hohe Giebel der Scheune hatte sich zu bewegen begonnen, er neigte sich langsam, langsam, auf den Hof und die Menschen zu, unter denen eine heftige, aufgeregte Flucht einsetzte. Pumpen und Schläuche wurden panikartig verlassen. Nur der Landsknechtshauptmann blieb, wo er stand, und hielt wie gebannt seinen Arm schützend über seinen Kopf – dann prasselte das Mauerwerk zu Boden, Staub, Rauch und Funken verbreitend. Für einen Augenblick herrschte ängstliche Stille. Bis auf einmal das dröhnende Lachen des Hauptmanns ertönte, der den Staub aus seinen Fetzen klopfend, unbeschädigt aus dem Branddunst hervortrat.

Dieses Ereignis schien eine Wende herbeizuführen. Man sah, dass es unsinnig war, dem wütenden Element noch weiter Einhalt gebieten zu wollen; man begnügte sich damit, die benachbarten Häuser vor dem Funkenflug zu schützen, so gut es gehen mochte. Auch war eine Handpumpe durch das einstürzende Mauerwerk blockiert und unbrauchbar geworden. Aber das triumphierende Lachen des Hauptmanns und die Erkenntnis der Machtlosigkeit dem Feuerelemente gegenüber, erregte eine sich mehr und mehr ausbreitende Heiterkeit, ja Ausgelassenheit unter der Menge. Das Fest war unliebsam und aufregend unterbrochen worden, war es nicht an der Zeit, sich wieder dorthin zu wenden, woher man gekommen war? Und wirklich konnte ich beobachten, wie hier und da sich wieder die Maskenpärchen fanden und in das Dunkel des Nacht verschwanden. Den Hauptmann umringte ein Kreis buntaufgeputzter Burschen und schon kreiste die Flasche zum Umtrunk auf die glückliche Rettung aus großer Gefahr.

Als die Menge sich zu verlaufen begann und die Flammen überall schon tief im Mauerwerk fraßen und glühten, sah ich auch die vom Unglück Betroffenen: den Bauern, seine Familie, Knechte und Mägde. Sie waren um ein Fuhrwerk versammelt, das sie mit Hausrat beluden. Ein Knecht spannte die unruhigen Pferde an die Deichsel und redete ihnen dabei begütigend zu. Ihre Ohren wirbelten unruhig auf und nieder. Und das Handpferd stampfte mit einem Vorderfuß mit nervösen, schnell aufeinanderfolgenden Schlägen. Die Männer waren ruhig und sicher mit dem Aufpacken beschäftigt. Einer von ihnen regierte mit Worten und anweisenden Gebärden das Ganze. Er zeugte so recht für jene bäuerliche, festgegründete Ausdauer, die auch über das Schlimmste noch siegt und immer von neuem beginnt. Nur eine Frau, die ein kleines, schlafendes Kind bewachte, hielt still die Hände vor den Augen und weinte. Ich wartete die Abfahrt des Wagens ab. Dann machte ich mich auf den Heimweg.

Als ich den Hügelhang emporstieg, fiel mir der große Hund wieder ein, der mir vorhin hier oben begegnet war. Und als ob ihn meine Erinnerung hierher gerufen hätte, saß er vor mir auf dem Wege und wartete. Ich blieb für einen Augenblick stehen und fühlte nach dem Stein, den ich noch in meiner Manteltasche wusste. Dann ging ich langsam auf ihn zu. Er rührte sich nicht. Als ich vor ihm stand, sah ich, dass er, den Kopf gesenkt, mir entgegenspürte. Auch hörte ich das kurze Stoßen seines Atems. Ich ließ den Stein in die Tasche zurückgleiten und streichelte ihm leicht über den zottigen Kopf. Da vernahm ich ein leises, verräterisches Grollen in seiner Kehle. Ich erkannte die Gefahr, ließ aber nicht davon ab, ihm Vertrauen zu zeigen, denn ein ängstliches Zurückzucken hätte sicherlich Böses zur Folge gehabt. So bestärkten wir uns gegenseitig eine Weile im Vertrauen, und das Grollen in seiner Kehle ließ nach. Aber als ich weiterging, folgte er mir nicht.

Es schlug vom Schlossturm vier Uhr, als ich vor dem Hause stand. Die Nacht war bald vorüber. Im verschlossenen Stall krähte schon der Hahn. Als ich in mein Zimmer trat, beschloss ich das Feuer im Ofen neu zu schüren und nicht mehr schlafen zu gehen. Ein Brief von einem seit Wochen kranken Freund wollte beantwortet sein und ich begann:

Lieber F. G., – der Augenblick, ein noch dunkler Morgen nach durchwachter Nacht, scheint günstig, um Dir auf deinen Brief zu antworten. Ich weiß, dass Du auf Deinem Krankenlager viele so durchwachte Nächte kennst. Es liegt in diesen Stunden der Hoffnung auf die bald heraufkommende Morgendämmerung viel Trost und Bestärkung. Der Lauf der Stunden dem Tage und der Helligkeit zu ist wie ein Evangelium besonderer Art, und wenn eine Stunde des Tages das „Fürchtet euch nicht" als zu uns dringendes Wort enthält, dann ist es die Stunde vor Sonnenaufgang. Wir können ganz schwach sein und müde und hoffnungslos, mit brennenden Augen vor Müdigkeit ohne Schlaf: wenn der Morgen kommt, kommt etwas auf uns zu, das stärker ist als unsere Hoffnungslosigkeit, umfassender als unser Bewusstsein, größer als alles, was von uns abhängen kann. Wem die Gabe zu denken gegeben ist, wie Dir, dem müssten in dieser Stunde Erleuchtungen besonderer Art aufgehen können. Denn dann, so glaube ich, neigt sich uns etwas zu, das recht begriffen, Licht werfen könnte auf alles Künftige, nicht als Wissen von dem und jenem, sondern als Vertrauen, als Glaube an das Leben, als Liebe zum Sein. Und wenn uns der Tod anfechten sollte, er wird uns dieses nicht mehr verdunkeln können. Mag er seine schwarzen Mäntel dichter und dichter um uns schlagen, das Licht bleibt immer innen – –

Jetzt wird es hell, der Knecht lässt eben die Hühner aus dem Stall. Vom Fenster aus sehe ich, wie der Hahn seine Flügel regt. Im Osten ist viel blauer Himmel mit gelben Wolken darüber. Das verspricht einen schönen Tag.

Wozu der Worte?
Wozu des Schwebenden mehr?
Sind wir nicht alle
im Fangnetz
des Unbestimmten
und unsere Augen
hilflos wie die von Fischen
ständig auf eines gekehrt
das wir dennoch nicht sehn?
Aber innen
aber in den Tiefen
sollen wir lernen
langsam zu sein – ?

Das Märchen von dem Bauern und dem Feuergeist (1948)

Dank

Es gibt Tage und Stunden, die auf eine wunderbare Weise für das überzeitliche Walten der Schicksalsmächte transparent sind, die die Gegenwart aus ihren ewigen Kerkermauern Vergangenheit und Zukunft reißen und in ein reines Licht übergreifender Dauer setzen. Es tut sich das Auge des Herzens auf und ahnt die strengeren Figuren einer Fügung, die uns trennt oder eint und die unserem gewöhnlichen Dasein verschlossen sind. Herrlich aber ist es, solche Geschenke der Erhobenheit mit dem erwählten liebsten Menschen zu erfahren. Sie sind der bloßen kalten Willkür verschlossen, einem edleren Bestreben aber durchaus zugänglich und wo unter freudiger Vorbereitung und gleichgestimmten Lebensrhythmen erwartungsvoll entgegengelebt wird, scheint ihr Gelingen sicher. Gemeinsam über unser geliebtes Land zu wandern, wurde uns immer zum Fest und heute jenen frühen lebensvollen Stunden nachsinnend, werde ich an antike Mysterienfeste erinnert, zu denen die jungen Mysterienschüler ähnlich erregt gegangen sein mögen wie wir zu unseren Wäldern, Bäumen und bevorzugten Orten. War doch auch immer ein Mysterium damit verbunden: die Offenbarung des geheimen Antlitzes der Landschaft.

So gingen wir auch eines Spätsommertages über die Wendelborner Felder an der Hexenpappel vorüber und strebten jenen Hügeln zu, die bei Klein-Raake beginnen. Hatten wir unseren einsamen Weg erreicht, fanden sich unsere Hände und stärker spürten wir jenes übermächtige Offensein füreinander, in dem es keine Lüge, kein Verbergen gab. Heiter fühlten wir unseres Wesens Einigkeit einer strahlenden Freiheit sich öffnen, unter deren Atem wir uns in einem bedeutenderen Sinn als Geschwister bekannten. Gab es noch etwas, das uns trennen konnte? So wurde uns alles bedeutsam und Wolke, Baum und Wind und Wasser redeten in ihrer Sprache zu uns.

An jenem Tage aber stand uns ein besonderes Erlebnis bevor, dessentwillen ich dieses alles erinnere. Wir hatten auf unserem Rückweg schon zu später Stunde auf verschwiegenem Pfad jenes kleine Mausoleum betreten, das in einem verwildernden Park langsam verfiel. Das nahe, heute längst abgebrochene einfache Wasserschloss war längst unbewohnt, die Adelslinie, die es einst bewohnte, ausgestorben. So kümmerte sich niemand um die Toten und ihre Behausung. Der bewölkte Himmel hing schon tief und vom Abend verschattet, als wir durch eine dichte Unkrautwirrnis die wenigen Stufen des schlichten Gebäudes emporstiegen, um durch ein verrostetes

46

Eisengitter in das Innere dieses traurig umwölkten Grabmals zu schauen. Ein schwarz verhangener Altar mit einem Kreuz darüber war die ganze Ausstattung, um die herum an den Wänden sich in großen, dunklen unheilvollen Flecken die heillose Verwilderung des Bauwerks anzeigte. Eine feucht-dunkle Luft wehte uns kühl aus dem Inneren entgegen. Während ich mehr und mehr in das Bild versank, das uns der Tod so akzentuiert vor Augen hielt, hattest du dich vom Eisengitter gelöst und warst unter die Kastanien getreten, die das Mausoleum reichlich umstanden. Als ich mich umwandte, botest du ein so liebliches Bild unentwegten, heiteren Lebens dar, dass ich lächeln musste. Mit jugendlich mädchenhafter Grazie kämmtest du dir dein Haar, das du damals noch in einem langen Zopf über die Schulter gleiten ließest. Dein Kopf war leicht geneigt und gab den kräftigen Strichen des Kammes nach; zwischen deinen Lippen hieltest du die kleine Hornspange, die nach Beendigung der kleinen eitlen Handlung das Haar im Nacken zusammenhalten sollte. Und so anmutig und grazil war alles, dass mein Herz nun auch in dieser lieblichen Lebensfigur Ewiges entdeckte, denn mein tieferer Blick zeigte mir, dass diese Gebärden so alt waren wie die Menschheit selbst. Und so hätte ich dich Korinna oder Georgia nennen können und es wäre recht gewesen. Überhaupt lebten wir in solchen Stunden in einer freudigen heidnischen Sinnlichkeit, die uns jeden auffälligen Stein betasten, Blatt und Blüte riechen, viele Früchte der Felder schmecken hieß, unter der wir das gewundene Haus einer Schnecke, den Perlmutterglanz einer Teichmuschel, die Stimme eines Vogels, die Rauheit eines Rindenstücks mit tiefstem Entzücken empfanden und uns gegenseitig zu schildern und zu vermitteln versuchten. Dieses so natürlich und rein in uns emporsteigende Heidentum kannte keine Schranken, keine Ängstlichkeiten, keine Vorurteile. Wie leuchtete uns die Erde und wie dankbar nahmen wir ihren Glanz entgegen.

Aus der Freude der Stunde, aus dem Glück des erfüllten Augenblicks geschah es zu jener abendlichen Stunde, dass wir beschlossen, dem Genius ein Opfer zu bringen. Voll drängten die niedrig hängenden Kastanien uns ihre Früchte entgegen und wir pflückten die stachligen Zwillings- und Drillingsfrüchte, soviel wir nur halten konnten. Unter einer einsam im Felde stehenden Kiefer vergruben wir dann, schon nächtlich umflort, unseren Opferschatz, dessen starker Duft uns lange noch an den Händen hing. Wie aber unsere kindliche Heiterkeit alle Vergangenheitsfernen wie gelöst und unsagbar zart in unser Bewusstsein einließ, so war es auch mit der Zukunft und der Dank unseres frommen Opfers galt schon für den Willen aller kommenden Gemeinschaft, für Ehe, Kind und Kindeskind. So zog sich in solchen Stunden ein lebendiger Rosenkranz antiker Urerinnerungen zu Kreuz und Auferstehung, den wir, unserem Dasein hingegeben, beteten.

Wind, mein Bruder,
Mittagswind
über weite Straßen,
durch rauschende Pappeln
am Wegrand.

Dämmerung vor der Ausfahrt (1952)

Wallfahrt nach Trebnitz

Damals hatten wir auf einer unserer gemeinsamen Wanderungen nach Trebnitz die Hedwigskirche entdeckt und die neu aufgefundenen romanischen bzw. frühgotischen Portale und Tympanen bewundert. Dieses Erlebnis hatte mich veranlasst nach einer gründlichen Vorbereitung durch die inzwischen erschienene Literatur, noch einmal eine Wallfahrt zum Grabe der Heiligen zu unternehmen, um in Ruhe und Muße zu betrachten, was beim ersten Male nur flüchtig geschehen konnte.

Es war ein schwüler Julitag [1941], als ich mich mittags guter Dinge in Wendelborn in den Zug setzte, der mich nach kurzer Zeit in die hügelumgebene Kreisstadt hinaufbeförderte. Auf dem Bahnhof in Trebnitz angekommen, ging ich sofort zur Hedwigskirche hinab, holte mir einen alten gebrechlichen Küster und ließ mir von ihm alle Portale und Räume aufschließen, die ich mir für eine Besichtigung vorgemerkt hatte. Die in dem Bauwerk überall durchschimmernde Romanik entzückte mich, besonders ein an der südlichen Seite befindlicher Türsturz erregte immer wieder meine Aufmerksamkeit. Er stellte einen vor Bathseba harfespielenden David dar. Die einfache herb-irdische Gestaltung der wenigen wohl verteilten Figuren, an denen noch zart die alten Farbreste leuchteten, schien mir so überzeugend vollkommen und gelungen, dass mich mehr und mehr eine Freude ergriff, die mich in einen leicht schwebenden Zustand versetzte. Diese beflügelnde Freude führte mich immer wieder erneut von Figur zu Figur, von Portal zu Portal, von Kapitell zu Kapitell, und ich hatte wohl schon Stunden in der Kirche zugebracht, ohne mich an den immer wieder entzückenden Einzelheiten satt sehen zu können. Erfüllt von der an den Kunstwerken entzündeten Begeisterung leuchtete mir zugleich deutlicher und deutlicher das Bild der Heiligen, die das alles geschaffen, entgegen und ich begriff die kühne und liebende Fraulichkeit, die in Gestalt von tätiger Hilfe, Linderung der Not, Menschenliebe und friedevollem Aufbauwerk von diesem Orte ausgegangen. Die Gestalt des harfespielenden David wurde mir zum Symbol einer Männlichkeit, die die Waffen ablegt, um vor dieser bezwingenden Fraulichkeit nicht mehr das Kriegshandwerk auszuüben, sondern den Musen zu huldigen.

Um noch als Letztes die frühgotische, schwer zugängliche Apsis der Kirche von außen zu betrachten, musste ich einen Flügel des großen barocken Hedwigsklosters durchschreiten, in dem ein Reservelazarett untergebracht war. Als ich mich an der Pforte meldete und dem Pförtner mein Vorhaben meldete, schloss sich mir ein junger, verwundeter Soldat an, der mir den Weg durch Klosterhof und -garten zeigen wollte. Nachdem wir erst ein wenig schweigsam nebeneinander gegangen waren, begannen wir uns schließlich doch zu unterhalten und es drängte mich, ihn nach seiner Verwundung zu fragen. Seine Antworten führten mich weit fort aus der Sphäre des Friedens und der behütenden Fraulichkeit, in die mich eben noch mein von heiterer Begeisterung entzündetes Herz geführt hatte. Ich hörte von den schweren Kämpfen gegen die Sowjets in weit vorgeschobener Stellung, schonungslos und hart entrollte sich mir bei seinen Worten das Bild des furchtbaren Krieges. Ich hörte von seinem Kampf gegen feindliche Übermacht, von seiner Verwundung, einem schweren Durchschuss durch die Knochen des rechten Unterarms, der immer steif bleiben musste. Kaum zwanzigjährig, resignierte er vor dem Leben, wollte nicht mehr zurückfinden in das stille und klare Vertrauen dem Kommenden gegenüber. Sein Herz schien mir verwundeter als sein Arm. Doch befriedigte es ihn, seine Not aussprechen zu können, und da ich mich entschlossen hatte, den Weg nach Wendelborn zu Fuß zurückzulegen, begleitete er mich ein großes Stück des Wegs aus der Stadt hinaus. Nachdem wir die kühlen Buchenhänge der Hügel durchschritten hatten, verabschiedeten wir uns am Rande des alten, hohen Waldes, von wo mein Weg über Hügel und Täler weit hinaus in die liebliche Landschaft des Trebnitzer Landes wies.

Aber das kühle Buchendach hatte uns verheimlicht, dass unterdessen von allen Seiten Gewitter emporgestiegen waren. Schon sah man hier und da fahle Blitze in der Ferne zur Erde zucken, denen in weiten Abständen murrender Donner folgte. Mein Gefährte wollte mich überreden, mit ihm in die kleine Stadt zurückzukehren, das Gewitter abzuwarten und den nächsten Zug zu benutzen. Aber eine heimliche und stolze Stimme sagte mir, dass ich viel zu versäumen habe, wenn ich meinen vorgefassten Weg nicht antreten würde. Und so zog ich, nach einem warmen Händedruck und letzten Gruß meines Wegs.

Einen heckenbestandenen Hügel erklimmend, sah ich deutlicher, wie die Wetter sich zusammenzogen. Unter einem wilden Birnbaum hielt ich kurze Rast. Im Westen türmte sich eine blauschwarze Regenwand, die zwischen Oder und Weide eingeklemmt, sich nicht recht entscheiden konnte, in welcher Richtung sie sich entladen wollte. Sie schien die Nächste und Gefährlichste, und ich hatte Zweifel, ob ich ihr entrinnen könnte. Nordwärts war alles dunkel verhangen. Ostwärts stauten sich über den großen Wäldern des Ölser Distrikts mehrere Gewitter. Nur im Süden leuchtete mir ein helles und versprechendes Lichtdreieck und hinter der bewegten bläulich-fernen Silhouette der großen Stadt Breslau türmte sich, im zarten

Sonnendunst sanft verschleiert, Schlesiens heiliges Wahrzeichen, der Zobtenberg. Das Licht um mich war fahl, ungewiss und drohend. Da aber mein Weg nach Süden zeigte, lenkte ich voll Vertrauen meine Schritte durch das korngesegnete Hügelland und setzte meine Hoffnungen auf das lichte Wolkentor vor mir, in dem sich mir erneut das Bild von Schlesiens gütiger Schutzheiligen enthüllen wollte. Rüstig schritt ich südwärts und wirklich zeigte es sich bald, dass die Wetter sich im Norden enger zusammenschlossen. Ich suchte mir meine Pfade und wenn mir die Richtung nicht passte, schritt ich quer über geschnittene Felder oder auch schon halb umgebrochene Äcker. Aus den Talgründen herauf hörte man das Rauschen der Laubwälder, die von einem aufkommenden Wind hart angefasst wurden. Die Felder waren, obwohl es Erntezeit war, leer und die geheimnisvolle Einsamkeit des Landes ergriff mich. Ich war wohl der Einzige, der den drohenden Wettern trotzte. Denn hier oben auf den Höhen gab es keinen Schutz vor Regen und Wetterschlag. Stärker erfüllte mich die mythische Stimmung, die den ganzen Tag schon in mir keimte. Mit dem schnelleren Atem meines rüstigen Wanderns atmete ich Geisterluft. Jetzt war es mir nicht schwer, geheimere Zeichen zu deuten und auf Ungewöhnliches vorbereitet, stieg ich einen schmalen Hohlweg hinab, dessen grasbewachsene Hänge von Silberpappeln und jungen Birken bestanden waren, ein Anblick zartester Lieblichkeit. Dort aber fand ich eine der schönsten und zartesten Sommerblumen der Heimat, den gertenschlanken langblättrigen Ehrenpreis, dessen himmelzartes Blau an toskanische Maler erinnert, die schöne märchenhafte Veronica longifolia. Ich pflückte einen Strauß, um ihn der liebsten Frau mitzubringen.

Immer noch war die Luft gewitterbewegt, das Licht voll gewittrigen Dämmerns, wenn es sich auch schon längst erwiesen hatte, dass von den rückwärts flutenden Wettern nichts Böses mehr zu erwarten war. Als ich jedoch einige im Tale liegende Weiler durchschritten hatte und mich dem letzten Höhenrücken zuwandte, auf dem sich wie ein dunkler Riegel der Mahlener Wald erhob, begann es plötzlich zu regnen, sanft, still und erquickend. Ich gedachte zu kurzer Rast im nahen Heidekretscham einzukehren, um von der nun schon stundenlang dauernden Wanderung auszuruhen, aber ich fand das Wirtshaus geschlossen. Auch dieses wurde mir zum Zeichen, ohne Rast meinen Weg fortzusetzen und so tauchte ich schon nach kurzer Zeit in den dunklen, regenüberrieselten Mahlener Wald unter. Die schon abendliche Regenluft war geschwängert von dem bitter-herben Duft feuchten Kiefernholzes und die sanfte Nässe mochte es mit sich bringen, dass einige verspätete Amseln noch einmal in voller Frühjahrsinnigkeit aufjubilierten. Ich fühlte mich ermüdet und schritt langsamer durch die schon oft empfundene mythische Düsternis dieses einsamen Waldstrichs. Dichter schlossen sich die Bäume zusammen, der Weg senkte sich und verlor sich bald in einen schmalen, kaum betretenen Pfad, der über eine sumpfige Waldwiese in dichtes, fast undurchdringliches Hasel- und Erlengebüsch überleitete. Hohe regenfeuchte Disteln und Brennesseln schlugen mir bis an die Hüften und durchnässten mich bis auf die Haut. Hunderte von kleinen widerborstigen grünen Früchten setzten sich mir an Hosen und Mantel fest. Es war schwer, diese nasse grüne üppige Wildnis zu durchschreiten, die in ihrer regellos strotzenden Fülle an einen Urwald gemahnte. Ich fühlte mich befreiter, als die letzten Büsche hinter mir zusammenschlugen und ich auf jenen Hügel hinaustrat, von dem sich ein heiterer Blick über das weite Land eröffnete, das im goldenen Glänzen der nun durchgebrochenen sinkenden Sonne lag. Näher zeigte sich mir mein Ziel und das sich eben vor mir ausbreitende Land beschwingte erneut meinen heimwärts strebenden Schritt.

Aber die volle Dunkelheit war schon hereingebrochen, ehe ich Garten und Haus betrat. Dem Müden schmeckte das sorglich vorbereitete Abendbrot und nachdem zu später Stunde genug von dem reichlich Erlebten berichtet worden war, gingen wir Beiden noch einmal hinaus in den nächtlichen Garten. Schon hatten sich im Süden schwere Wetter zusammengeballt und schickten harte, sprühende Blitze in die Nacht. Aber der reichlich blühende Phlox duftete mild und die Erde atmete feuchte Frische. Wir gingen still Arm in Arm zwischen den Beeten und unsere Stirnen leuchteten oft sekundenhaft hell auf unter dem stärker werdenden Wetterleuchten. Wir fühlten uns in friedevoller Geborgenheit.

Am nächsten Morgen wurde ich zu den Soldaten gerufen.

Wie ein Ton klingt
den mit leisestem Ohre
ich höre, wenn über den weiten
Gewässern der alten Heimat
Nebel braut und das späte Jahr
aufloht in den türmigen
Eichen am Ufer

so erfüllst du meinen
Blick, den nach innen gewandten
stillen, der schauend u n d hörend
sich wandelt zur Gestalt
des Herzens. Wie schön blüht uns
das Leben. Dort ragen die Götter
wie brennende Leuchter.

Siehe auf meinen Händen
trage ich unser schweres Geschick
wie ein stiller Tänzer einsam
über die Pfade walddunkler
Heimat, spät blühende Heiden.
Es rauschen am Abend die Föhren.
Nimmer vergess ich das lächelnde Kind.

O Sterne Sterne sinket hinab
in die traurigen Wasser, goldene Ringe
tiefer tiefer hinab. Jetzt weiß ich
des Fisches Stummsein und
des Teichhuhns einsamen Schrei in
der Dämmrung und der Dommel Getön
oder der Krähen Sprache im nächtlichen Baum.

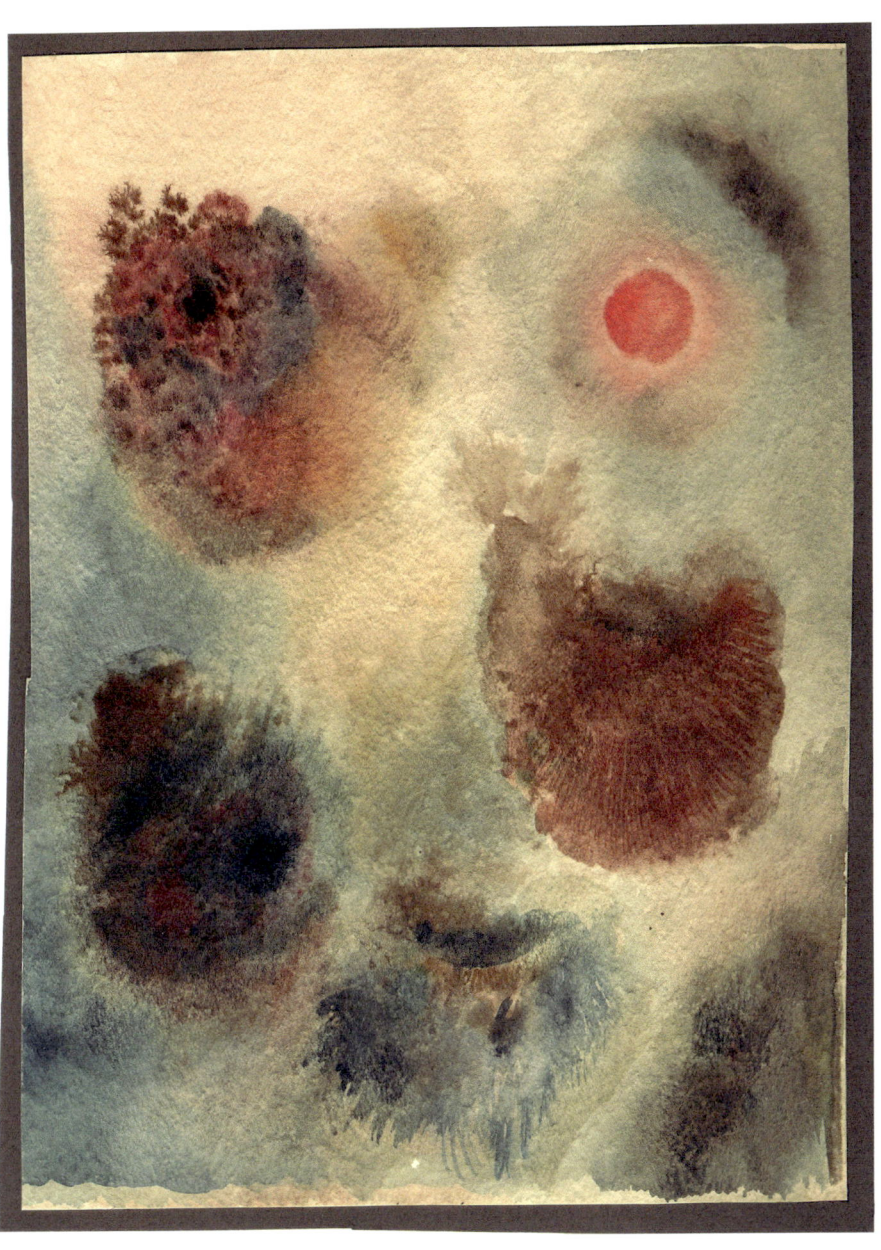

Die Nester (1948)

Das Geheimnis

In den Tagen der Genesung griff er zum Neuen Testament und schlug die letzten Kapitel der Offenbarung des Johannes auf. Er war so jung, dass noch der Stern der Kindheit wie ein weißes Licht um seine leidgezeichnete Stirn schwebte. Was wäre an ihm noch zu heilen gewesen? Granatsplitter hatten ihn zerschlagen und was unter sorgsamer Pflege oberflächlich heilte, konnte seinem lebenswilligen Körper die volle Kraft nie mehr zurückgeben. Aus seinen dunklen Augen blickte Entsagung. Er lag ausgestreckt in den Kissen und hielt vor sich den schmalen Band. Er las:

„Und der auf dem königlichen Throne saß, sprach: Siehe, ich mache alles neu. Und er spricht zu mir: Es ist vollendet. Ich bin das Alpha und das Omega, der Anfang bin ich und das Ende. Den Durstigen will ich frei aus dem Brunnen tränken, dem lebendiges Wasser entströmt. Wer überwindet, der wird zum Erben erkoren sein und ich werde sein Gott und er wird mein Sohn sein."

Nachdem er das gelesen, mischten sich seine Gedanken mit dem Schlaf der Erschöpfung. Er hatte folgenden Traum:

Die mächtigen Säulen und gewölbten Hallen seines heimatlichen Domes standen um ihn aufgerichtet im ungewissen Schimmer spärlicher Kerzen. Er war zu einem Feste der Heiligen geladen, die in kostbare Gewänder gekleidet, sich auf den Stufen des Hochaltars in stillem, mystischen Tanze bewegten. Hinter sich hörte er eine leise Musik, als ob Engel auf Silberflöten musizierten. Ergriffen warf er sich auf die Knie und faltete die Hände zum Gebet. Aber seine Augen suchten entzückt den heiligen Reigen, der ihn durch immer neue Figuren überraschte. Als die sanfte Musik verklang, trat in die Stille der nun an ihrem Platz verharrenden Tänzer ein stattlicher Mann in bischöflicher Tracht. Golden glänzte seine Mitra, lang floss sein Purpurgewand an ihm herab. Mit der rechten Hand stützte er sich auf den Krummstab, auf dem linken Arm hielt er ein lächelndes Kind. Langsam und würdevoll stieg er die Stufen herab und trat zu dem Träumenden. Der schlug seine Augen hell und freudig zu dem Kinde auf, das ihn mit zärtlicher Hand segnete.

Aber als ob ihn ein Blitz getroffen, wachte er auf. Die Hand eines Giganten schien ihn würgend gepackt zu haben. Wie eine spitze Flamme zerfraß ihn der Schmerz, dem er sich stöhnend beugen musste. Schweiß trat ihm auf die Stirn. Tod und Verlassenheit wehten kühl über sein Gesicht.

Als der Schmerz vorüber war, blieb die Erinnerung an den Traum wie ein wärmendes Licht in seinem Herzen. Er fühlte sich in seinem Bewusstsein seltsam erhellt wie kaum zuvor. Er wusste, dass es in aller Zukunft nicht mehr darauf ankommen könne, ein ungewisses Leben ängstlich zu erhalten, sondern einen Lebenssinn zu pflegen und zu stärken, der seine Richtung aus der Hand des Kindes empfing, das ihn im Traum so sanft berührte und dessen Berührung ihm zu Qual und Schmerz geworden. Wie lange ihm die Tage seines Lebens auch noch vorgezählt seien, diese Erkenntnis durfte er nie mehr verlieren. Er war in seiner Seele jung und ungebrochen genug, die Sprache der Himmlischen, wie immer sie auch im Zeichen erscheinen möge, in sein Bewusstsein aufzunehmen. Der Trost eines kindlich frommen Glaubens an einen Gott, der dem Einzelnen so wenig wie möglich Leid und Not zufüge, wenn man ihn nur recht darum bitte, war ihm verwehrt. Im unerbittlichen Gang des Krieges hatte er ihn verloren. Was blieb, war der Keim zu einer Kraft, die willens war einzusehen, dass Gottes liebende Hand Not, Qual und Schmerz den Irdischen schickt, wenn er sie heilen will – nicht ihn, nicht den oder jenen seiner Umgebung, sondern die Menschheit. An ihm lag nichts, wenn er nur sich erhalten wollte, alles aber, wenn er sich im Geschehen des Ganzen geborgen fühlte, das das Kind wie eine vollkommene blaue Kugel aus Kristall in seinen zärtlichen Händen trug, die Blitze und Feuerflammen auf die Erde schleuderten, wenn es – liebte.

Der Gefangene

Groß ist die Welt. Und
aus der Enge des kleinen
Fensters über mir lächelt
Ewigkeit –
tanzt leichten Fußes über
mich hin des Aions Gott.
Ach, aus dem kleinsten
Lichtschimmer wächst mir
hell mich und ganz erfüllend
des Aions Gott.

Es dunkelt d i e Sonne nicht
wenn über die kaum geahnte
Landschaft hinwallen
Kores regennasse Schleier
und die dunklen Becher
der Blumen traurig nicken
am schattigen Waldrand.
Ach, freudeerfüllend
glüht in mir die Lampe
des lächelndes Gottes.

Was sind Wände, was
sind graue Mauern, schwarze
Gitter, die sich vor den Abendhimmel
halten? – Geh, Kore, zieh
mit deinen feuchten Schleiern
übers Land, spinn
deine Fäden, die der Sturm
zerzaust, brich über mich herein
o traurig dunkle Nacht! –
Es glüht des ewigen Gottes Lampe!

König und Königin (1951)

Eine Erinnerung an Berlin

Wieder war ein schwerer Angriff über Berlin hinweggerast. Wenige Tage später hatte ich in der Altstadt einige dienstliche Angelegenheiten zu erledigen und mein Weg führte mich vom Alexanderplatz am Rathaus vorbei und über den Molkenmarkt bis an die Kreuzkirche und in jene alten Straßen und Gassen, die so wenigen bekannt, immer noch ein wenig den *spiritus loci* der Stadt ahnen ließen, jenen Geist, der sich in der Vorstellung schnell den Namen der Romantik und des Vormärz verbindet. Der Februartag war grau, feucht, schneeig. Der Wind fuhr durch die offenen Straßen und die Gefahr, von herabstürzenden Trümmern und berstenden Mauerresten getroffen zu werden, war groß. Hier und da rauchte und glimmte noch der Phosphorbrand. Aber die Straßen waren belebt und selbst die Straßenbahnen und die schnell eilenden S-Bahnzüge fuhren wieder. Die moderne, nervöse Vitalität der Stadt schien unzerstörbar. –

Nach Erledigung meines Auftrags wollte ich die Sperlingsgasse aufsuchen, die ich noch nicht kannte, um nach dem Haus Wilhelm Raabes zu schauen. Ich fragte einen ältlichen Mann auf der Straße nach dem Weg und fand in ihm einen orts- und sachkundigen Führer, einen jener Berliner, von denen es heißt, dass sie aus Schlesien stammen müssen, um echt zu sein. Er war ein rechtes Original und mit dem grauen Ziegenbart am Kinn unter einem hart geprägten Mund ähnelte er Carl Hauptmann. Auch verleugnete er unter seiner Berliner Redeweise die schlesische Zunge nicht. Er kannte nicht nur Wilhelm Raabes Haus, sondern auch dessen Bücher und der sprudelnde Humor, den er trotz noch rauchender Vernichtung um uns, ausschüttete, schien an ihnen gebildet.

Als wir in die Sperlingsgasse einbogen, fanden wir auch von des Dichters Haus nur noch schwelende Mauern. Die Fassade des engbrüstigen Baus stand noch, aber man schaute durch nackte Fensterhöhlen in das verwüstete Innere. Aus den Fensteröffnungen eines Raumes, den mir mein Führer als das Arbeitszimmer des Dichters bezeichnete, hingen zerfetzte Gardinen wie traurige Fahnen in die nasse Schneeluft hinaus. Wir standen eine Weile vor den Trümmern und unter dem Frösteln in der kühlen, von der Spree hereinwehenden Zugluft gedachte ich der vielen zerstörten Erinnerungsmäler sinnlicher Überlieferung, die für unsere Kinder und Kindeskinder nun abgeschnitten schien. Wir wussten Goethes Vaterhaus am Hirschgraben in Frankfurt am Main lange zerstört und eben hatte uns auch die

Kunde erreicht, dass das große, reiche Wohnhaus am Frauenplan in Weimar nicht mehr bestand. Das Herz begann sich langsam darauf einzurichten, in deutschen Städten wie auf Friedhöfen spazieren zu gehn. Da aber, ehe wir uns zum Weitergehn wandten, fiel meinem Begleiter eine Stelle aus „Abu Telfan" ein, die er nun laut, wie zu den Mauern der Stadt, sprach und die meiner schwebenden Stimmung einen starken Zug ins Heiter-Mutige gaben: „Für die heißeste Stirn hat das Schicksal ein kühlend Mittel; dem einen legt es eine weiche Hand darauf, dem anderen einen klaren Schein und zuletzt allen eine Erdscholle; du sei still und warte, bis deine Augen hell werden."

Der Morgen

An schwankender Wende steht
der Gott. Traumsanft rührt dich
die Blüte des Morgens, mondtau-
benetzt kühlt und erregt sie
zugleich. Zag hebe die Hand
doch meide das wilde Begehren
und wolle den Gipfel des Bergs
nicht bezwingen, wenn früh auf
schneeigen Höhen heiliges Licht glänzt.
Aus fichtenbeschattetem Tal hebe
den Blick empor. Steil über den Fels
rauscht abwärts der Bach, tiefer hinab.
Neben dir, wo schwankend
der Steg bebt, wandelt der Gott.
Berühre ihn nicht, denn zart ist sein
Kleid. Aber dein Herzblick gewahrt
ihn und aus schweifendem Traumlicht
weckt dich sein gütiger Blick.

Balkon über der Straße (Leicht Gefügtes) (1950)

Angaben zu den Aquarellen

S. 2: Weiden bei Wendelborn (ca. 1943). Ohne Nr. 16,5 x 22,5 cm.

S. 11: „Wendet sich um" (1932). Ohne Nr. 22,5 x 16,5 cm.

S. 21: „Nach dem Regen" (1950). Nr. 81/50. 38 x 29 cm.

S. 25: „Abschied der Freunde" (1951). Nr. 97/51. 31,2 x 46 cm.

S. 35: „Kiefern in der Abendsonne (Mönstadt)" (1947). Nr. 7/47. 27,1 x 21,2 cm.

S. 37: „Schiffslände am Rhein" (1948). Nr. 18/48. 23,5 x 29,5 cm.

S. 45: „Das Märchen von dem Bauern und dem Feuergeist" (1948). Nr. 29/47. 32,7 x 25,8 cm.

S. 49: „Dämmerung vor der Ausfahrt" (1952). Nr. 131/52. 37,8 x 42,9 cm.

S. 55: „Die Nester" (1948). Nr. 16/48. 27,5 x 20,5 cm.

S. 59: „König und Königin" (1951). Nr. 92/51. 39 x 27,7 cm.

S. 63: „Balkon über der Straße (Leicht Gefügtes)" (1950). Nr. 71/50. 16,5 x 11,5 cm.

Für die Aquarelle der Seiten 2, 11, 35 und 63 wurde der original durch ein Passepartout festgelegte Ausschnitt abgebildet und gemessen.

Alle Aquarelle befinden sich im Nachlass.

Anmerkungen

Die hier zusammengestellten frühen E r z ä h l u n g e n von Johannes Rath sind chronologisch nach ihrem Bezug zur Biographie geordnet und nicht nach Entstehungsjahren (1940-1952).

Die vorschlagsweise „Wallfahrt nach Trebnitz" sowie „Dank" benannten Erzählungen wurden den unveröffentlichten Aufzeichnungen „Im Ring des Aion" entnommen, wo sie keine eigenen Titel haben. Diese Aufzeichnungen von 1942 bestehen großenteils aus einer Auseinandersetzung mit philosophischen Schriften und können hier nicht komplett wiedergegeben werden.

Zu einigen bereits 1974 veröffentlichten frühen Erzählungen („Das attische Mädchen. Sieben Erzählungen", Verlag Urachhaus), die etwa aus dem gleichen Zeitraum stammen, seien hier die Entstehungsjahre nachgetragen: „Die Flasche" entstand 1938 (erstmalig veröffentlicht in „Die Christengemeinschaft" 1939 H.6), „Römische Szene" 1945, „Das Karussell" 1944, „Mein Vetter Friedrich" 1947, „Das gelbe Ahornblatt" 1944, „Das attische Mädchen" 1944, „Die Forelle" 1948.

Die G e d i c h t e sind im Grunde Tagebuchnotizen und – außer in frühen Jahren „Tiere im Regen" – nicht von Johannes Rath für eine Veröffentlichung überarbeitet worden. Die Gedichte „Wie ein Ton klingt" und der „Gefangene", in den Kriegsjahren entstanden, wurden aber damals an die Freunde verschickt.

Das Gedicht „Der Morgen" entstand in völliger Schicksalsungewissheit, nicht ahnend, dass die Entlassung aus der Wehrmacht unmittelbar bevorstand.